50 Cuentos Cortos
50 Short Stories

Carlos James Perkinson

50 CUENTOS CORTOS 50 SHORT STORIES

iUniverse books may be ordered through booksellers or by contacting:

iUniverse
1663 Liberty Drive
Bloomington, IN 47403
www.iuniverse.com
1-800-Authors (1-800-288-4677)

Because of the dynamic nature of the Internet, any web addresses or links contained in this book may have changed since publication and may no longer be valid. The views expressed in this work are solely those of the author and do not necessarily reflect the views of the publisher, and the publisher hereby disclaims any responsibility for them.

Any people depicted in stock imagery provided by Getty Images are models, and such images are being used for illustrative purposes only. Certain stock imagery © Getty Images.

ISBN: 978-1-5320-4942-2 (sc)
ISBN: 978-1-5320-4941-5 (e)

Library of Congress Control Number: 2018905472

Print information available on the last page.

iUniverse rev. date: 05/03/2018

Carlos J. Perkinson Naldi

He was born in Punta de Mata, Monagas State, Venezuela, in 1956. His vocation to write stories and poetry began to develop at the age of 14. He authored editorials, wrote articles and poems exclusively for the newspaper Reseñas, a corporate publication of Amazing Global, for 10 years. His first book *Alas Rotas*, is published under the pseudonym *Payo*. In October 2010, *Solos en la Habitación* appeared in issue #21 of the Journal of the Society of Authors and Composers of Venezuela (Revista Notas de la Sociedad de Autores y Compositores de Venezuela). In 2012, he was one of the finalists of the International Short Poetry Competition (Concurso Internacional de Poesía Breve), in honour of Venezuelan poet Maria Calcaño. In 2014 he published *Catorce Retratos en el Café*.

50 Short Stories

Carlos J. Perkinson

Executive Director and Creative Concept: Celina Jerez-Aristiguieta

Illustrations: Michael Wong

Graphic Design: Reinado Cabeza

Translation: Liesbet Pryke

Photography: Julio Osorio

For all of those who have told me who I am, giving me the opportunity to change at my sixty years of age.

Short story number one

He stood in front of the audience. It was not a huge turn-out but it was not insignificant either to be able to present his work to three hundred people. He made a brief introduction and the people would not stop clapping. Then the play started, it was long, and stifling to the point of suffocation. Many left halfway through, or even earlier. Those who did manage to stay to the end did not say anything, they rushed off with their heads down and their shoulders slumped. They were stunned, I do not even think they knew how they were supposed to feel. The initial applause was the only one he'd heard. The play had been a success!

He felt the lump in his throat. When he was feeling this way, he found it harder to accept that life just carried on. How little he had accomplished and how quickly he was losing what he had. His body betrayed him; his memory blurred names, places, and faces despite his fight to avoid it. Standing alone at the end of the fishing pier he watched as the sun dipped below the horizon. He shed a tear, and watched as it fell into the water. That was the last thing that he could remember before seeing a crowd of people around him. He was completely confused, and did not see any familiar faces. He wanted to leave, but you do not leave just because you want to. "Tomorrow," he told himself and thought, "sometimes the wait is torture."

He had made his first trip on that train years ago, it had been his arrival. He had come without thinking about anything and he hadn't brought anyhing with him, no luggage whatsoever. When he had got off the train they had received him full of joy and colour, they had partied for days! So many people had come to see him and visit. He remembered it so vividly, or rather, he had built up a memory from the images in photo albums, greetings cards and any other gifts that had survived from that time.

Now he was leaving on the departing train and there was no large crowd. His parents were no longer with him, and neither were his aunts; many people had already left. He didn't have many friends, although he was comforted by the fact that the few friends he did have were good ones.

This time there was no party, only sadness, and everything was tinged with black and grey. Some of his children were there but one of them was unable to make it in time and that was painful. But that is just the way things are sometimes and there was no way for him to change his ticket.

Yesterday, she was walking back to her office, which she enjoyed doing. She returned from the nearby restaurants where she and many others used to have lunch. This was a ritual shared by many wealthy, well kept, athletic people and it gave the neighbourhood a unique atmosphere. In fact the surrounding area was not a business area but occupied by residential homes where most of these people lived. The sidewalks and the gardens' landscaping were all impeccably kept and in perfect harmony. That afternoon, by chance, her gaze drifted down one of the alleys and her eyes met his. He was picking through garbage that consisted of damp cardboard boxes and restaurant waste.

She couldn't tear her eyes away, and he held her gaze. She took out her cell phone and after taking a few pictures went about her business.

When she arrived at her office she took a moment to look at the pictures and realized, to her surprise, that she had met him before. Some time ago he had been just like them, only now his luck had changed and he had lost his pride, among other things. A shiver ran through her body and then she began to cry.

She was watching him and there was a question hanging in the air. Her stare was so heavy that he felt smothered. She wanted to know the truth even though he had told her that knowing would be unbearable. He had not even admitted to himself everything that he was. The days passed and he began to create a story that would not scare them. He knew that he did not have the wisdom, or the wherewithall, to become a better man.

Short story number six

He was alone in his room thinking about how everything could have been different. A couple of calls would have been enough for him to have company. He knew that he much preferred this to a reunion with fake smiles, false joy, and anecdotes that we tell so that we do not have to talk about anything meaningful. The event was already over and everything was awash with testimonials about what a great time they had had. But he had made no comment, and his page remained blank. He read the comments, apathetically reviewing the pictures, and looking for any small detail that could reveal the reality behind the poses. Everything was part of his personal ritual which he used to mask his reality. A reality where, in his presence, the air was stifling and difficult to breathe. A thick, grey blanket veiled all the moments, memories, reunions, and conversations.

Everything could have been different, but he had no intention of changing. He had not written any goals or resolutions, which, by the way, he had always mocked, until people chose not to invite him and he was left alone.

It could have been different but he never intended to change.

He was pierced through the heart by a golden spear and left helpless just by the memory of her and there was nothing that he could do to avoid it.

He closed his eyes to try and escape her memory but that only made matters worse.

He explored, in detail, every part of her body, inch by inch. Each part that had been subjected to his hands and was now just an image lodged in a room of his soul. He fixed himself a drink, lit a cigarette, and went out to the balcony to sit down. "God!" It was difficult for him to take a puff of his cigarette without dreaming of her, it was even difficult to inhale a breath of air without feeling her lips. He never thought it would be this way, or rather, he always knew.

Short story number eight

He never imagined that by going into that store his life would completely change. He was in the changing room, trying on a shirt, when he felt her eyes upon him. As soon as he had entered the store, he had been attracted by the beauty of the shop assistant. He gave it no further thought though, taking for granted that a woman of such beauty and youth would have no interest in him and that it would only lead to ridicule. But now he didn't understand a thing, she was right there opening the door of the changing room stall and watching him as he got changed. She held out another shirt, one that he hadn't even asked for. He took it, along with the compliment she gave, and ventured to tell her how beautiful he found her. He added a further comment about their age difference so as to be clear, that while he found her beautiful he was also aware of their great disparity. He even went so far as to tell her that she might be the same age as one of his daughters, but to no avail; she was determined to get what she wanted, so the romance, madness, passion, and gifts flowed for months.

It was no longer like that. He did not continue because these things have an expiration date. He lost his wife and much of the respect that his children had once had for him.

Yesterday, two years after that day, he saw her. She saw him too, but nothing transpired between them. No sparks, no emotion, nothing special. He was just another man and she was just another young woman, but nothing was the same. So much had been lost along the way. Hours later, sitting alone in front of the television in his small room, he remembers what had happened and doesn't understand why he threw the dice in a game that cost him his most prized possessions.

He was sitting alone on the jetty that day. The sea seemed to want to swallow everything up. He liked to understand the patterns of the currents and he took pride in guessing which way he would return to the shore when he was in the water. This was not the first time that he had an empty, hollow feeling in his stomach just from thinking about what he'd do, but it was also part of the pleasure that filled him. He would have to wait for a good wave to be able to get into the sea and avoid the rocks. Then he would let himself be washed away, parallel to the jetty and then swim diagonally out to sea until he felt the pull of the current release him.

It was 6:30am on a Wednesday and there was no one around. He had parked his car, checked the time, hidden his keys, warmed up, and stretched. Then, after a few minutes of meditation, he was ready. He calculated that he should be back in an hour or two and then he would go and have *empanadas de cazón* for breakfast.

Amidst the unruly waves and the deep grey of the stormy clouds he was able to see a ray of sunshine coming down almost vertically on his head. "It must be past eleven now" he thought. In the distance, the coastal mountains cast a blurry silhouette. He was tired and there was nobody waiting for him. Things were not going as expected, this had not been a very good idea up to this point. He waded for a while, taking slow breaths.

Never mind, if it was too late for him to eat *empanadas*, a good snapper with fried green plantains and a beer would be worth it too.

He had removed every clock in the house since she had left. He lived in the wild hope that time would stop and that he would wake up to find her there, without the years having slipped through his fingers. Between the "tick tock" in his obsessed mind and her empty bed he was unable to sleep.

Short story number eleven

She came closer. Her green eyes had regained the rich, deep colour of emeralds and their mysterious glow from those years when she had danced at Peruvian restaurants. The gyrations of her belly had fueled more than one man's dreams. She looked at him mischieviously as he was absentmindedly leafing though the old books that were piled up around his bookstore. She approached him and said, "you should have met me back then, when I belly danced."

He looked at her, somewhat surprised, and wondered what had been there before the sparse, grey hair and the ashen bristles that stuck out impertinently from her chin. He tried guessing for an answer, his imagination drawing a picture of the woman that she claimed to have been. It took him a moment to notice the emotion that she was feeling. He approached her, took the face of the old woman in his hands and pressed a kiss on her forehead, then turned, and left.

He was thinking, "She is maybe eighty-three years of age, what will mine be like?" A tear ran down his cheek, he wiped it off and went on his way. Minutes later, he remembered the kiss he gave to the dancer with eyes as green as emeralds.

Short story number twelve

She closed the door of the apartment that she rented and looked at the old furniture: a few tacky paintings that had been left by tenants were hanging on the walls, and a threadbare carpet covered part of the floor in the small living room. She found it so very strange to be surrounded by these inanimate objects and the silence and solitude that followed her in, every time that she crossed the threshold.

It was not easy to get used to. She had cried enough, more than she had imagined she would, and recently the miles of land and sea that she had crossed to get there had grown bigger, making it harder for her to stay. She knew that it was too early to lock herself up, she could not stand it, so without thinking, she turned around and retraced her steps back to the street. She was just wandering aimlessly around, trying to find some air, some life, when suddenly a small pillow that looked like a plush toy animal caught her attention. She went into the shop and bought it.

That night she hugged it tightly, then she held it to her face and lips. She squeezed it hard and started to cry until she was drained, exhausted.

Time has passed and she has already rented out the spare room to a couple of girls, and the sofa bed in the living room to a young man. There's always someone home when she arrives but she still needs five pillows to hug to get to sleep.

Short story number thirteen

He never did understand how he had managed to weave the web that he had become trapped in. He reviewed, in detail, the decisions that he had made to get where he was now and he was not at all surprised. He accepted that he had never decided on anything, and that rather, he was in a situation merely due to the events that he had found himself in. He hadn't moved a finger to influence, change, or prevent them.

Now he was lying in a hospital bed and he could hear: "there is no reason for him to be like this, it is almost as if he has lost the will to fight." Finally, one of his relatives said: "He was always like this," and the others agreed.

He closed his eyes and never opened them again.

The first bottle of wine was already empty and there were three half-smoked cigarettes put out in the ashtray. The evening sun shone its last rays but he looked the other way, towards other horizons which were going dark. He was still sitting by himself.

The black of the night settled at the tip of his nose. He remembered a similar scene, but lit by a candle, and he was holding her hand. Her brown eyes were gazing into his and he could feel in them the same apprehension as when you go into the choppy waves of the ocean and the water and sand mix, so that it's no longer possible to see what's under your feet.

Now it was just his empty hand and the silence talking to his mind. He strained his eyes and the night answered him with a deeper darkness as if to say, "there is no reason for you to look beyond." He realized then, how much he loved her, now that their eyes would never meet again.

When his son arrived he asked him to sit next to him. The son obliged, not before sharing a hug. It was one of a kind, the sort that stops time. He looked into his son's eyes and said, "Tell me that I am dead to you." The boy looked back at him in silence...

Still, he spoke about the skies he had touched, his passions, romances, about falling and getting back on his feet, his laughter and his tears. The father smiled; he could see that his son's wings were vast. They spoke of the simple pleasures in life. Standing at the oceans edge, feeling the breeze caress the body and of the moments when the waves crash on the shore and the foam on the sand are the only sounds heard. They talked about the light shows when darkness gives way to the stars.

And as he looked at him again, he said: "Hold me son, for I am dying."

Short story number sixteen

He was sitting at the bar waiting for one of his children when she approached. She was one of those women whose back bears the scars where her wings were cut off when she was sent down from heaven. He supposed that neither angels nor saints could resist such a beauty. She asked him what he wanted to drink and as he turned around to look at her, he became lost in the vast depths of her eyes. Her skin was as white as snow, in contrast to her short black hair, and her voice was like soft music inviting desire. She recommended the house cocktails but he couldn't understand a word due to the sheer state of ecstacy that he was in. When she asked again she added a sweet "would you like me to repeat it?" and just like that he told her what had just happened. To his utter surprise she replied with a most beautiful smile. A chill ran down his back and he added, "a dry martini."

His son was taking a long time to arrive, the drinks kept coming and the woman took her time with him, they exchanged words as she served him his drinks and before long they were chatting. She drank in his compliments and he drank in her beauty. When his son finally arrived he was stunned by her beauty, just as anyone would be. He took a seat next to his father and they talked for a while. When they had agreed about what they were going to do and they were ready to leave, she reached her hand out to him. He took it to say goodbye and he felt the heat run down his body. He looked down into his hand where he saw a note, but he wanted to be out in the street before opening it. There was a number written down on the paper. "My God!" resounded within him. He showed the note to his son who immediately asked, "what are you going to do?" He walked up to the trash can that was fixed to one of the street lights and threw the note away.

Short story number seventeen

He saw the man talking to himself. It was not the first time, and many would assume that he was a little crazy. Maybe that was just easier to believe due to his advanced age and because he had aged dramatically after his heart attack at eighty one. Now he was distant, moving at a slow pace and living in his own world. Only a deep loving gaze would be able to see the shadows of his vast knowledge and his grit and determination to fight.

He saw the man and, unlike others, he was interested in listening to and understanding his conversations. He found out that he talked to his long gone friends; friends from childhood, the war and other adventures. He was not talking to himself, they were right there with him.

It was extraordinary to realize how privileged he was in his final years, to be able to speak with those waiting to recieve him, the same ones that had accompanied him through life. He was serene, calm, and unafraid. He knew where he was going and felt comfortable to begin such a wonderful adventure. Everything was so clear, so full of peace, a priceless moment.

He retrieved the three boxes that he kept stored in the top of the closet. They were full of memories and had ended up being stowed away, trying to be forgotten. He sat in the cozy wing chair and placed the first one of the boxes on his lap. Calling it the first was just an expression, as he knew little of their order of chronology. He hadn't opened it yet and tears were already welling up in his eyes.

He took a few sips of the whiskey that he had poured for himself, even though it wasn't yet noon, as if it would bring strength to the places where it had been lost. He lifted the lid in some sort of ritual which could impart an air of solemnity in that moment. He took out a bunch of photographs tied with a red string, most likely the remains of a gift, and untied it. As the knot came loose he felt a stronger one tighten up in his throat.

He knew well what one can find when revisiting the rooms of the soul, but he wanted to do it, and he knew that he was running out of time. His hands shook and his eyes shone like lights under water. He took a long, deep breath and began to weep, and he had not even seen the first one.

Short story number nineteen

They were on their way to that magical place that was nestled in the mountains and looked over the city. The viewpoint announced itself at night with the sun that rose from the lights of the city and the thundering roar from the volcano. They had been travelling for over an hour and they were going down the back path to get there.

He was the guide of this strange tour. One where the real journey began after they arrived there and when the city decided to go silent and its lights to fade. Seeing it from such a height was not easy to bear, much less with the sensitivity that took over those who gave themselves completely to their initiation. This was their place, their ritual, their myth and legend: it was a small piece of a story that only this small group of friends was able to recognize.

A few years later he had to return, but ever since that day he had always doubted whether or not he had managed to come back, or if his body still remained in that place.

Short story number twenty

The same group had been getting together for coffee and conversation for the past five years. They had started as eight, but were now down to six, since some were inevitably unable to attend.

They would start to tell their stories whilst waiting for everyone to arrive. This was the reason that they met, to tell their stories. It was quite the sight to see them together, talking, getting excited, caught up in the discussion, and arguing. At first glance, no one would suspect that most of the time their topics of conversation had not changed much in the past five years.

If someone lost the thread whilst relaying his anecdotes, there was always someone able to fill in the blanks, so that they could continue, and it would come as no surprise if there was nothing new to say. But today was different, the excitement had faded because they knew that when someone had missed three or four meetings, they wouldn't be seeing them again. And that's what they could not get used to, and something that no one wanted to talk about.

Short story number twenty one

I was thinking of my father. I was looking at his picture in the silence of a house that had been left empty. I remembered so much, without tears, because there was nothing left of his love to receive. He had never ceased to be there, so perhaps it was me then, who, amidst all of the noise, had stopped hearing him for a while.

Short story number twenty two

He sat down to watch the game; his son played in one of the teams so that was reason enough to go. The stands were half empty, afterall it was only one of the first games of the season and a "friendly" at that, where the final score does not matter.

His son had ushered him to the stands. He had felt the stairs, said goodbye with a kiss, and then fumbled to find a vacant place which seemed comfortable. He settled into the seat and turned his gaze towards the field. The grass was not as green, or as bright, as he remembered, nor could he see the emotion that usually filled the faces of children at moments like these. He followed the silhouette of his favourite player as much as he could until he joined the group that was getting ready for the match, and then he was lost in the cluster of shadows. He had no tears left for these moments anymore. He smiled, remembering when he was still able to see.

Short story number twenty three

He must have been about sixteen, and she had just turned fifteen, when they played "spin the bottle" at the club. The game where you spin a bottle and the person to whom the bottom of the bottle points will ask a question, and the one to whom the neck points, will be the victim, so to speak. He was alone and she was with her little boyfriend. He felt like there were a thousand butterflies in his chest and he was dying to be lucky enough that the bottle would point at her so that he could ask her a question, or for a kiss. Preferably the latter, but the bottle span around and around and it never happened.

Time went by and when he saw her again they both knew that the desire to kiss still hung in the air. His body language undoubtedly said so and there was confirmation in her mischievious, bright eyes when she looked at him. Back then it would have meant nothing, but now this was not the case.

They greeted each other and talked, or rather they asked each other a couple of general questions, the kind that anyone would ask. Then they went back to their own lives, each caught up in their own thoughts of failed reunions and missed opportunities that never come around again.

Back at home he thought, "I missed your kiss." As his lips yearned for hers, he thought of how the voids that are opened in our soul cannot be repaired.

As it turns out there are no spinning bottles, or short straws, just lips that never got to touch.

Short story number twenty four

She had always dreamed of coming back but had found countless excuses for not doing it. It had been the same with many of her dreams, there was always someone or something to stop her. She took pride in saying that she had never contradicted her mother, whilst she had unwittingly given up her youthful passions and resigned herself to live as others told her. When it was her turn she followed the same pattern as if there was only one way to live, and if anyone knew how to live it, it was her. But her words fell on deaf ears and she found herself slowly being left alone, as visits became scarce and phone calls rare.

One day she woke up, and she was back. Time and life had played an evil trick on her. In all honesty this one was the worst. For a long time now, everytime that she got dealt a good hand, life chose to discard her cards. Now she begged for this ordeal to be over and her inner voice told her, "it was not about moving to a new location..."

But now it was too late.

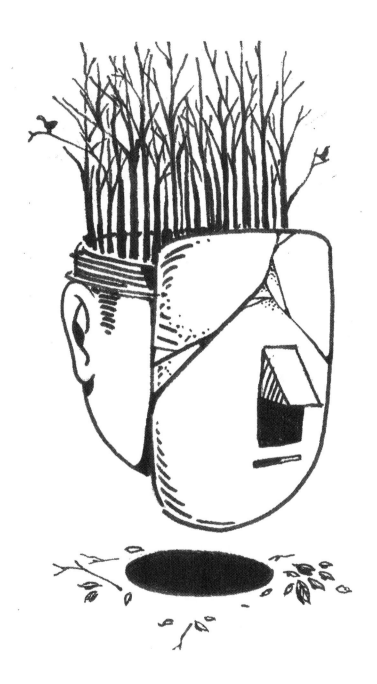

They used to run around together; sometimes they would hold hands and sometimes they wouldn't. She was always barefoot and he couldn't understand how she did it. He had tried but the stones in the riverbed had sharp edges, and the branches were thorny. She seemed to glide along, and it was hard to keep up with her, even when he was wearing shoes.

As the years went by they continued to meet at the edge of the forest for their fun and games. He was in love and so was she, but the day came when he stopped going to the woods so frequently. The time that he used to spend with her became occupied with school, friends, television and video games. She could not stand it, it was agony and there was so much at stake.

That night she stood outside his bedroom at the country house where he lived with his parents. She waited at the window until she finally saw him enter the room. He could hardly believe it, there she was tapping on the window to let him know that she was there. She invited him to go out into the woods that night. It was full moon and there would be enough light for them to go running. He declined her offer.

He was afraid that the magic that had fueled his carefree adventures in the woods had been lost. She walked away and it was as if she was fading away into the distance.

He no longer dreamed of her, or missed her. He would rather spend his time with his girlfriends from school and his video games. He was a teenager now and he would tell himself: "I am not a child anymore" and apparently she refused to grow up.

Thirty years later he returned to the forest; the brook was just a thin, fetid, black rivulet. He took a few steps towards the water and saw a girl in the distance. Nothing like the girl from times past. Their eyes met and he thought that he recognized her gaze, those eyes that shone like diamonds. But he turned around and retraced his steps, turning his back on her for a second time.

He went into the shop to look for a photo frame; an old fashioned one, nothing digital, just something modest to put on his nightstand. Father's Day was around the corner and the marketing peoples' work did not go unnoticed.

Now they were not going to look like beautiful models, or Michelangelo's David look-alikes; dressed or half naked and flawless, displayed behind the glass and framed in silver or ebony. Photos in the frames showed off perfect families made up of perfect parents with their children, who by chance happened to be one boy and one girl. The father would be dressed in a suit and tie, with a hairstyle that not even the boldest wind could ruffle but, would have a hint of carelessness that could not bear the slightest scrutiny. She would be a woman that the gods had recreated as Venus, and was dressed in clothing that accentuated her beauty and physique, making it doubtful that she had ever born children. Then there were the children. The son, a little prince, loving and harmonious with his timeless haircut. It was hard to tell which style it was but it was obviously someones. He was obedient, neat, studious, and bright. The daughter was the envy of the fairies with her big, bright eyes and her hair falling in graceful curls down her back.

In the background, a room furnished with the luxury of a fairy tale palace, one that you dream of when you are still naive about life. He kept on looking, entertaining himself, and thinking about his own family. He could certainly not brag about his height, let alone his hair to put it mildly. His wife was his adored queen, even though her body revealed the struggle of some tough years, which for him, only accentuated her appeal. Their children, he thought with a smile, were a win-win. Four of them, which would make it difficult for them to fit into a small frame without looking like a sports team. As for their haircuts and styles, they were in a different league, all so different, so peculiar and awkward and wonderful! He quickly found himself smiling, already thinking about what they would look like, he could see it clearly in his mind. As soon as he got home, he removed the picture of the family of weirdos and tossed it into the bin.

Now he was taking a good look at the photo that made him so happy. He felt full of pride!

Short story number twenty seven

He took a step closer, to a distance often described as "safe." The thought amused him; as if the pain would stay a little further away by avoiding standing right next to the grave where she would be buried at any minute. He looked around, there weren't many people in attendance.

Lives like hers go out without any fuss. As far as he was concerned, he was burying a piece of his soul. It was too late for everything; for the kisses that they did not share and the wishes left unfulfilled. He felt the first shovelful of dirt as if it had been thrown on his own face, the second left him breathless, the third put a taste of humidity on his lips, the fourth, the fifth...

Everyone else had already left but he was still there. He hadn't yet decided to drop the flower that he was holding in his hand.

But just like everything else, time had already decided.

Short story number twenty eight

We all knew what things would be like this time; we just had to look back at what they had been like for the last few years, but no one made any comments. He would not come this time either, but nobody wanted to say anything. The reunion had started a while ago, he hadn't seen them in a long time, so no one even expected him anymore. Suddenly, there was a knock at the door and doubt ran through his son's mind whilst the others remained unfazed. When the door opened, there he was, just another guest.

After he said goodbye to the last of the guests, he went upstairs. In the shadows he saw an old man walk away. He seemed familiar.

The news arrived the next morning. His father had died.

Not that long ago, everything seemed to be going just fine. He had already woken up and wandered aimlessly around without really doing much. Around noon, his son came out of his bedroom. Not three minutes had passed before the temperature suddenly reached hellish levels. Babel played tricks with words and there were not any insults left unused. They were both exhausted and overwhelmed. There were so many differences between his almost sixty years, where his desires seemed to have been stolen away and his son's sixteen, still sparkling with life. It was easy to see that hostility was an easy route to take.

He came back later that afternoon, after extending the time away from a place that was the last possible place for him to find refuge. He saw him, and the blood running in a trickle down the path. He fell on his knees and without hesitation kissed him and told him that he loved him. Then he went to his room, carrying in his hand the gun which he had just pried from his most precious treasure. He sat down and took a deep breath, but even so, he felt like he was drowning. He did not doubt for a second that he would accompany him. In the soul of each one of them, there was as much love as the silence that had shaded it.

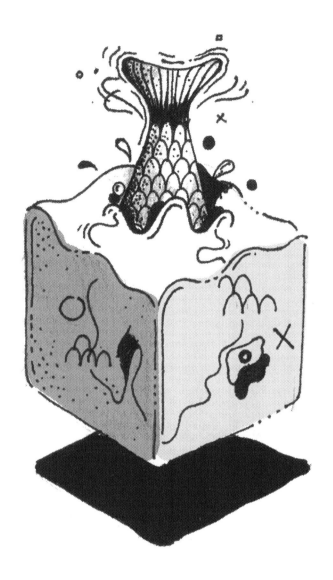

He was taking a stroll along the waters edge paying no attention to the miserable creatures that lay there. He was lost in his thoughts and would rather listen to the breaking waves and the breeze whispering in his ears. He was not interested in what was happening to those animals although he did take a curious glance at the scene. He walked on until he reached the lighthouse. He had been walking for about an hour and the storm that threatened in the distance warned him to return.

He began the return journey and about halfway back he began to notice again those sea creatures abandoned to their fate. He passed by the first two; by their size they appeared to be adults. He ran into a small one, which he picked up, and returned to the ocean. Next he saw a bigger one, he kept walking and left three of them to die, two small and one large. Next he came upon a big one and he pushed it into the sea with his foot. This scene went on for a while. Some were saved and others abandoned. In any case, if the storm came they would probably be washed back into the sea. Who knew if he had saved those that lay helpless in the sand. He no longer saw any point in his task.

He continued on his way home and once there he sat thinking about the futility of his mission; his game of saving or abandoning, that small sense of playing God to those creatures. Suddenly a chill ran down his back and he shivered as he contemplated about the vastness of the universe and that we too may be chosen at any moment. That a storm could save or kill us.

He had trouble getting to sleep that night.

Short story number thirty one

He watched her. From a distance she seemed carefree, playing in the sea foam with her feet, each wave was just like a caress. She day dreamed, serenely and enthusiastically engrossed in her fantasies. He walked up to where she was, and stood between her and the sea.

She was not upset; she automatically opened her arms and they embraced. He tried to look into her eyes but she looked away. He took her face in his hands and her eyes closed. They no longer had any brightness to give him. He realized in that moment that she no longer loved him.

He walked away in silence and she returned to her thoughts. In the silent language of her eyes, everything had been said: she did not love him anymore. The sea washed away any traces of that date.

Short story number thirty two

The long-awaited day had finally arrived. The clothes waited, hanging in the closet along with the shoes, spotless and shiny. Everyone, in their own way, was following the rules of etiquette for the occasion, and had dressed accordingly, including accessorizing with the finest jewelry and luxury designer watches and pens.

One could not say that the number of guests was exorbitant, as receiving around a thousand guests was common. The venue was perfect and everything had been planned down to the finest detail, including the entertainment, the dinner, the appetizers, the desserts, the drinks, the cheese table and the wines to go with them. No detail had been overlooked; or perhaps it would be better to say, almost none.

The time was getting closer; the anxiety increased, and the *quinceañera* rushed to get the finishing touches done. The hall was already crowded and they knew it. Once in the car they sped up and at the intersection, before the corner where they needed to turn to get to the party, another car passed through a yellow light. It crashed right into the back of the car where she, lost in her world and the music from her device leaned her head against the glass.

There would be no celebration; an absurdity of long gowns and black tie seemed to deny the accident. She did not even realize what had happened, and she never would. Everyone refused to believe it, but she was dead.

Meanwhile, unsuspectingly, among drinks and laughter, the guests carried on the celebration as they waited for her arrival.

Short story number thirty three

His dream was about to be fulfilled. Life had cast lots and he had been chosen; friends and family were dressed for the occasion. After so much living, working, suffering, and grieving, he would finally take possession of his plot of land. Still, nothing comes without effort.

As a reward he would receive this small plot of land, it was just for him. He was now going down to stay beneath the earth in one of those "forevers" that you don't get to choose. One with a small wooden box and a lifeless body: a dream fulfilled, thus, life always compensates.

Short story number thirty four

He listened to her speak without missing a word. It was hard to hear from where he was and he could not see her eyes either.

Still, he did not miss a detail of her silhouette, or the movement of her lips caused by the stream of words that was coming from them. He did not miss a detail about the way that she moved, her hand gestures, her hair and her legs which she crossed and uncrossed.

She was absorbed in her conversation. Her partner, silent, kept on checking his cell phone; at times, with a gesture that deserved silence, or a slap in the face. Periodically, he uttered a grunt and nodded, to acknowledge something that he had not even heard.

He, in contrast, would have been able to repeat each detail of all her comments: about her divorce, her friend, the children, or that issue with her mother. He felt such closeness to her, such a connection, just by listening to her and he undoubtedly felt that she deserved, at the very least, a gesture of approval or a smile of courtesy.

She reached out her hand and took the arm of that rude creature who barely lifted his eyes to pretend to look at her. Finally he couldn't stand it anymore; he asked for the check, paid it, and left. As he looked back, he saw the couple still sitting at the table next to his, with her monologue and his boredom.

She knew better than anyone what it feels like to be full of life. It was enough to experience the intensity of hers in the past twenty years of her life. She also understood about rest which did not always come when you wanted and she knew how natural it was to help those who remain trapped in a life that is not really a life.

It was not the first time that she had heard about those courageous women in the towns of her beloved country, whose mission it was to accompany the last moments of those who are ready to leave but can't find their way out.

But now it was different. Now they were not stories, and there were none of those courageous ladies here. They always wore black and never seemed to be shocked or caught off guard by death. Now it was just her, wearing her nurses uniform and receiving these young men. They were maimed, wounded, disfigured, and there was nothing clearer than their desire not to live, not to go on with a life that was subpar. They had rather be heroes, because that is what defined whether or not you were dead. They were not dead; they were war wounded, with gangrene, or mutilated, or missing part of their face. In short, they were anything but what they had dreamed of.

The first one to die was a good friend of hers. She had taken away all the religious images, prayers and medals and at the crack of dawn, all of his pain, grief, and consequent suffering, current and future, had ceased.

One of the soldiers, the one in the neighbouring bed, called her name. He had been her friend's fellow soldier on the battlefield and had lost both of his legs. He could hardly speak and there were no painkillers strong enough to ease his agony. She put her ear to his mouth and heard his softly whispered plea: "Help me too." She jerked away from him, but his eyes followed her until she nodded.

The next day he slept, forever.

She was transferred from that ward; and at first only the man in the next bed called for her return but soon their voices were almost in unison.

Amongst whispers and moans, her name was on the lips of all of them.

She had arrived about twenty five minutes earlier. Now she was sitting down and waiting for him with her dog beside her. She was not eager to meet him. As a matter of fact she did not care much at all. And if she was certain about anything it was that the things people say on the Internet have nothing to do with reality, especially, when it comes to finding dates.

In any case, she felt at ease with her German Shepherd by her side: actually at that moment it was indispensable to her. He arrived and immediately recognized her; she looked exactly like the picture she had posted online. He walked up to her and before taking a seat he let her know that he was there: "It is me, your online friend" he said, and smiled. She could not notice his gesture, but his laughter piqued her attention. She was interested in knowing him, his views, his likes and dislikes, and she wanted to check with a few questions to see if what he had said was true.

At one point during the conversation, she felt that she had a fairly accurate picture of him. Not that she felt that she could trust him, it was actually the opposite, but in spite of this, she got close to him and took his hand in hers, he didn't move. She placed a hand on his face, tracing her fingers along the outline of his eyes, his nose, and around his lips. Then he tried to do the same.

She looked directly at him from behind her dark glasses and pushed his hand away. "It's not the same thing," she said, "you don't understand a thing, you don't know anything about my world, about me, about how I feel,"

He made her feel like he was astonished, which in turn upset her even more. "We will not ever meet again, this has been a mistake," she said as she rolled her chair back; her dog sat up immediately and came to stand at her side. He just stayed there, thinking how beautiful she was. He watched her leave but decided not to say anything. Her silhouette and that of her guide dog faded away into the distance.

He walked up to the first door and opened it. He was surprised to find everything as it had been ten years earlier. He talked to a man who seemed anxious and was about seventy years old; he did not have many friends around him. The man said "they keep on leaving" but that did not stop him from smiling. He was eager to know about this man, he felt that he was looking for more than just a pleasant conversation and it was true. A few minutes later, he walked towards the door at the end of the corridor and saw that there were more people this time around; they were talking about successes, regrets, so many opinions but it was not what he was looking for. The next door had the number 50 on it; somehow it seemed to mark a milestone. There were a few couples talking, some of them still looking very attractive. One woman in particular caught his attention; he looked at her, their eyes met and they exchanged a few words. She came so close to him that he got a little nervous but this was not the time or the place. He moved forward, he knew roughly where to look and did not stop until he reached a room near the end of the corridor of this peculiar hotel; number 20, 19, 18, 17, until he got to number 16.

His voice was shaking even though he did not say a word; he could feel a weight pressing down on his chest and he had trouble breathing. He felt his lips quiver, he had goosebumps and his eyes shone with tears. He got even closer and he couldn't believe his eyes; it was right there, just as it had been left: broken and abandoned. He picked it up, cleaned it, and glued it back together, and when it was ready he put it back in his place. Now he felt good, full, and at that moment he knew that it was time to leave but it didn't bother him. He felt an immense peace, lulled by the soft, rhythmic beat of his heart that he had placed back in his chest.

Short story number thirty eight

He walked nonchalantly down the alley, stepping aside as he came across a homeless man who was asleep, wrapped in rags and newspapers. His partner shot him a nervous, apprehensive look, and they exchanged some comments about the foul smell that surrounded him. They reached the end of the alley which opened up onto a main street, then they walked up to a hotel entrance. As they went in the receptionist did not doubt for a second that they were guests arriving at the private party that was being held in the penthouse suite. They left about 4 o'clock in the morning; a few drinks, cigarettes, and conversations later.

It was very cold, the first frosts of winter were arriving. They were both wrapped up well against the weather, and the penthouse terrace was furnished with cleverly placed outdoor torches, which kept the place nice and warm for those gathered around them.

In short, this had been a truly special night. Cleverly, they decided to avoid walking back through the alley. The poor man had died of cold at around 3:30am.

When they first met, he immediately felt a desperate passion for possessing her.

His wife, his love, forever and ever. He did not cease in his efforts, and they both lit the night skies with the glow of their eyes. He never imagined that he might lose her. Grief accompanied him for the rest of his days.

When he married her twin, there were no sparks flying, no glowing eyes, nor was there the heady scent of two bodies coming together to fill their desires. They were not happy.

He died dreaming of his everlasting love, the most beautiful woman in the world.

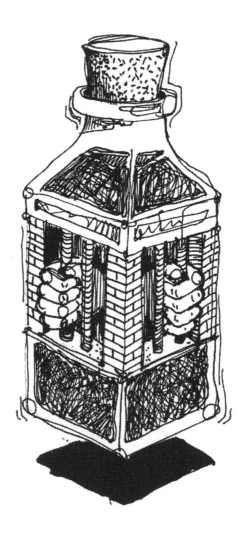

Short story number forty

He was thinking or rather struggling to think. As it turns out, alcohol does not help to clarify our thoughts. He could see her accusing him with all that pent up anger and frustration in her eyes. Her silent gaze spoke of his mistakes and shortcomings, his failures and his meanness. There was little that the poor devil could do against that stare. It seemed like a blinding light that made his eyes, and even his soul hurt; and her voice -it was even worse! It was as if a fire alarm was bursting his eardrums and he couldn't understand a word that she was saying.

He assumed that she was insulting his manhood, which was already diminshed by the vomit that stained his shoes and the sleeve of his shirt, since he had carelessly used it to wipe his mouth. He couldn't remember when he had left the party. He didn't understand why his friends had left him alone, or why this "crazy bitch" was crying, or why they would not let him see his children.

He was not that strong but when you considered that his more than two hundred pounds had fallen onto this fragile creature that barely weighed eighty, this in itself was a crime. Add to the mix, flying fists and uncontained rage, the outcome was a disaster waiting to happen.

So many times she had told herself, "I can not take this anymore, I am leaving." Yet that morning, as she lay still on the floor she was unable to respond to her daughters' call.

They could not understand why mom would not wake up at this time and did not know whether to go outside to wait for the school bus. In the middle of class a police officer accompanied by a social worker came to pick them up.

Mom never woke up, the little girls' lives never went back to normal, and a man in jail could not remember what happened that night when he went out for a couple of drinks.

He screamed desperately in an endless agony. Everyone that was in the waiting room with him felt that whatever had prompted them to see the doctor was nothing compared to what ailed this old man.

He was sitting in a wheelchair, hunched over, exhausted, angry, uncomfortable and distressed. Fed up with pain and with the life that had played this trick on him; almost as fed up as his daughter, who had brought him here and who found it unbearable to see him in such a state. She kept on telling him: "Stop it, Dad, stop it, the doctor will see you soon."

This was far from certain, though, as the doctor had not arrived yet, and judging by the face of his assistant, it was uncertain as to whether he would come at all. People were already making comments, and some of them left the waiting room to avoid hearing the incessant moaning. They never ceased, just decreased in intensity for a while as a result of his exhaustion that had accumulated throughout the years. There were those who looked at the daughter with some mistrust for her apparent indifference towards her father's ceaseless pain.

I had to bite my tongue not to say anything, but I was sure I understood what this poor man wanted. 'Shut up,' I kept telling myself, 'this is none of your business, just shut up and leave it alone.' But it was easier said than done, and I suddenly found myself saying: "I think he wants some water." His daughter did not bat an eyelid and I walked up to the water cooler and filled the small cone of a paper cup.

I fearfully approached the old man who looked back at me; I took his hand and put the cup to his lips. He took a small sip, closed his eyes, and fell silent.

I think he just needed to know that he was not alone. After a while, he stopped breathing heavily and stopped making the snoring sound which was probably caused by the difficulty he was having to breathe.

We kept waiting for the doctor to arrive. Fifteen minutes later, the old man died.

They had all dressed up in their finest clothes. The women in evening dresses, the trendiest of them in pant suits, and the men wearing suits and ties; both men and women had accessorized with gold watches and excessive, sumptuous jewelry. Undoubtedly, they had embraced success at some point in their lives.

When she arrived at the homeowners' dinner all eyes turned on her. She entered the room wearing high heels and designer jeans, her hair carefully blow-dried and styled. There were not many eyes watching her; it was rather the gaze of one collective eye. A shared, old-fashioned, disapproving thought. When she walked in, nobody introduced themselves to her. A while later, she left in the same way that she had arrived. There were not any good-byes, they all merely radiated the most unparalleled arrogance. Just before walking out over the threshold, she turned around to look at them. A bunch of silhouettes, hunched like gargoyles. A shiver ran down her back. She knew she would never come back to this place where they had also turned their backs on life itself.

Short story number forty three

Opening this door had always been much easier for me than closing it. Inside, after taking the first few steps down the stairs, the light began to fade out and it did not take long before sinking into darkness. But this was not the worst part. It was that, once the descent had begun, the ground turned slippery, the humidity and heat increased, and the air thickened to the point where it felt as if you were forcing gulps of it into your lungs rather than breathing it.

In the beginning years when I started making this journey, I cannot say that going back up was ever easy. However, there had always been someone there to help me, or almost always. Later on, memory would play a great role in remembering where to step to go back through such bad territory. As time went by, this place remained intact, unlike me! I grew more and more exhausted and lacking in dreams. My memory became hazy and it became very difficult for me to return. As for friends, many of them had been swallowed by time or distance, or they had simply decided that their obligations were too many to ask for their company at these times. Lovers also did their part, or rather, life did its part along with them, and so I turned into an actor.

False embraces, fake smiles, deceitful joys that finally led to estrangement. And so, I ended up alone and sad, always alone with the same shadow.

I thought I could do it and, at the same time, I wanted to. I cannot say I opened the door on purpose, but it did not take much for me to be descending again; this time it took days. I did not want to lose track of things, so I obsessively kept a log of time, of events, of thoughts and of absurdities; I revisited everything and, every time I did, I got lost deeper into the labyrinth I was describing. There were no reasons and, at the same time, everything was a reason, sheer nonsense. The dragons that had been asleep before, woke up every time I took one step further down and every time I slipped. I felt that I could not go on, I felt sick, listless and hungry, yet without appetite. A heavy burden hung from my neck and every step slowed me down; I had to return. The truth is that I no longer knew if I wanted to.

When I regained awareness of what was actually happening I felt a strong breeze blow over my entire body. I saw the bright city lights under my feet; the cars looked so tiny, and the people looked like a small army of busy ants, going to and from with no rhythm, no harmony. I wanted to fly, to break free. One step was all it would take. It was the knowledge that I was my own master.

I took one step further off the ledge; flying,

flying was saying goodbye.

He came back; he had had enough of it. Never been able to solve this riddle in his mind, let alone in his soul. He picked up all the pieces that were still lying on the floor. The wind had already swept away parts of those photographs; it would be hard work to put them back together.

For a moment, he wished he could leave those memories behind. Now, on his work desk, he classified, organized, and pasted them together. A few days later, they were ready. There were some pieces missing in the photographs, in the memories, in him and in his soul. He had gathered as much as he could. He moved on and nothing was ever the same again.

Short story number forty five

They saw each other but did not dare to speak. They wanted each other but did not dare to touch. They undressed each other with their eyes, their hands avoiding any contact. Then they went on their way. He went to the dock where he pulled out a flask from his pocket and lit a cigarette. She went back home, sat down and prepared herself a fix, put on her headphones and withdrew into her world. When they left each other, nobody could believe it, they seemed like such a perfect couple. They had both got lost long ago, and while they were together they were destroying each other. Now, they were still doing it, but doing it alone.

What had happened? He could not believe it. He could not give credence to this character, to his abilities, and now he was not even able to remember him. Even worse, he could not remember much of his own past. Truth be told, he felt much lighter. His burden felt so much lighter, the void so much larger now that it was no longer filled with memories. He had made a pact, he wanted to forget; he had intended to forgive, but he thought it might just be easier to forget. That afternoon he went away all alone; surrounded by smoke and herbs, by concoctions and songs, he got totally lost within himself. He fought seven dragons and defeated them all. He felt pleased, happy and triumphant. He returned without fear, without pain and without memories.

He still regrets that day.

Short story number forty seven

This was not the first time; very few blows get to be the first ones when you have been around for a while. The same happens with insults, or with acts and words meant to hurt. Here he was in the middle of one of those moments; it was raining hard and the storm raged, but he remained impassive, just waiting for life to resume its course. At the end of the day he knew that calm would soon return, and he smiled as he thought, 'of course, a tense calm will come first.'

But he was left stunned, speechless - for remaining silent is not the same as being left speechless. It was hard for him to process what he had just heard; his mouth went dry, he got a lump in his throat and, finally, he felt the accuracy of the arrow that sank into his chest, piercing his heart with exquisite precision until it stopped beating, feeling, existing.

The argument ended, but there was not a tense calm, or any kind of calm, nothing like that ever came back again. Sometimes, he still puts his hand on his chest and thinks, trying to relive any memory, but he has never felt his heart beat again.

Short story number forty eight

He thought it would be simple. He had been thinking about how to steal a kiss from her for a long time; he was sure that later there would be more and that soon he would hold her soul in his hand. She, with her moonlit glowing skin warned him with her refusals. He was dying to have her, with what he described to himself as desire. In the meantime he used words of love and magic spells and she laughed at his attempts. As time went by things began to unfold; they became hunter and prey. His extended arm would keep her from leaving, the closeness of her body piercing him like a dagger. The warmth of her being so close to him, so near, burned every inch of his body. She whispered to him: "With one kiss and the poison of my lips, all loves die." In his haste and his eagerness he did not hear her, or he chose to ignore her. She was his prey; she would be burning just like he was. He brought his face closer to hers, their lips met and he felt the world stop; the truth is that the wind ceased to blow and the clouds parted to let the moon do its part. He no longer remembers any of his loves; there was no father, no mother, no children and no friends; now there was no trace of any other affection. Everything died so fast with one moonlit kiss. He looked upon the sky as if he wanted to own it and his soul went dry.

Short story number forty nine

A thin beam of light shines across the room; it filters through a narrow slit in the upper side of the window. Dense, sharp, irreverent: it would not let me sink into the dark. Tiny little specks of dust dance madly as they float through it, a joyful, astounding dance that keeps me from embracing my depression. I can almost hear the beating of my heart. Even in this solitude life dances. Annoyed, I inhale deeply and blow it all away; the light, the specks, the dance. Everything distracts me from my purpose, the smallest thing becomes meaningful. I refuse to close my eyes, I refuse to get up, but today, I also refuse to die.

During his walk he was thinking that he and the weather were pretty much in synch. Patches of grey were taking over the sky and the humidity was thickening the air which made it hard to breathe. He knew he was the same way and it was hard to live with himself but it helped him to understand he was not easy to love. He saw the storm from afar. Clouds were gathering above the horizon and it would not be long before lightening bolts would be seen furrowing the sky. The image made him think of reproachs he often heard. It was as if all of his flaws were clouds gathering to create a storm.

He stood in front of the ocean and raised his hands up to the sky. Anyone else would have left, but not him. He could see the dramatic aftermath and saw himself as part of all the chaos that was no longer over the horizon but over his head. The rain, thunder, wind, and flashes were everything he felt daily, and so without holding back there he was challenging the skies, imploring and dreaming.

The storm subsided and with dripping clothes he walked home. He would have some explaining to do, but nobody asked him any questions. The thought made him smile and the sky cleared.

The end

Printed in the United States
By Bookmasters

Carlos J. Perkinson Naldi

Venezolano. Nace en Punta de Mata, Estado Monagas, en el año 1956. Su vocación para escribir cuentos y poesía la comienza a desarrollar a los 14 años de edad. Fue autor del editorial, articulista y escribió poemas para el periódico Reseñas, una publicación corporativa de Amazing Global, durante 10 años. Su primer libro *Alas Rotas*, lo publica bajo el seudónimo Payo. En Octubre, 2010 aparece Solos en la Habitación en el ejemplar 21 de la Revista Notas de la Sociedad de Autores y Compositores de Venezuela. En 2012, queda entre los primeros finalistas del Concurso Internacional de Poesía Breve, en homenaje a la poeta venezolana María Calcaño. En el 2014 publica el libro *Catorce Retratos en el Café.*

50 Cuentos Cortos

Carlos J. Perkinson

Dirección Ejecutiva y Concepto Creativo: Celina Jerez-Aristiguieta

Ilustraciones: Michael Wong

Diseño gráfico: Reinaldo Cabeza

Fotografía: Julio Osorio

Para todas aquellas personas que me han dicho quién soy, dándome la posibilidad de cambiar a mis sesenta años.

Cuento número uno

Estaba parado frente al público. No era un inmenso auditorio, pero nada despreciable para presentar su obra frente a trescientas personas. Hizo una breve introducción y la gente no paraba de aplaudir. Luego comenzó la función, extensa, espesa, asfixiante hasta el ahogo. Muchos se retiraron, quizás a la mitad o menos. Los que se quedaron hasta el final, no dijeron nada. Se retiraron aturdidos, con la cabeza gacha, los hombros caídos, no creo que supieran ni siquiera cómo debían sentirse.

Los primeros fueron los únicos aplausos que escuchó. La obra había sido un éxito.

Cuando estaba así, con ese nudo en la garganta, se le hacía más difícil aceptar que la vida es lo que iba viviendo. Entre ello, lo poco que había logrado y la rapidez con que iba perdiendo lo que tenía. El cuerpo, pese a la lucha por evitarlo, le traicionaba. La memoria le borraba nombres, lugares y rostros.

Solo, al borde del muelle de pesca, mirando como el sol se hundía en sus ojos, dejó caer una lágrima viéndola viajar hasta tocar el agua. Es lo único que recuerda mientras la gente se agolpa a su rededor. Se siente como el primer día de la confusión de las lenguas en Babel. Ningún rostro le es familiar. Se quiere marchar, pero se dice a sí mismo: -No se va uno por desearlo, y piensa: -A veces es desesperante la espera.

Cuento número tres

El primer viaje en ese tren lo hizo hace años. Era el de llegada. Venía sin pensar en nada, no traía equipaje, nada de nada. Al bajar de la estación lo recibieron, llenos de alegría y colores. La fiesta duró días y las visitas no paraban de llegar. Lo recuerda a la perfección, o más bien, las imágenes que ha ido construyendo en su mente a partir de los álbumes de fotos, las tarjetas de felicitaciones y alguno que otro regalo que sobrevivió al tiempo. Ahora toma el tren de partida. No es un grupo nutrido. Sus padres no le acompañan, tampoco las tías pues mucha gente se había ido antes. Son más bien pocos los amigos, pero consuela decir eso de "pocos, pero buenos".

No hay fiesta esta vez, más bien tristezas. Todo está teñido de gris y negro. Sus hijos están, aunque uno de ellos no pudo llegar. Cómo dolió eso antes de partir… Así son las cosas y, no hubo manera de cambiar el ticket.

Cuento número cuatro

Ayer caminaba hacia su oficina. Le gustaba hacerlo al regresar de los restaurantes donde solía comer. Así como ella, otra cantidad de personas también lo hacía. Este ritual de tanta gente joven, acomodada, bien arreglada, espigada y atlética, le imprimía a la zona un aire muy especial. De hecho, casi toda la cercanía, que no era de oficina, era de los edificios donde residían la mayor parte de ellos.

Las aceras, los jardines que las bordeaban, el paisajismo elaborado con exquisito cuidado, todo en perfecta armonía. Pero aquella tarde, por casualidad dirigió la mirada sobre uno de los pequeños callejones y se topó con los ojos de él, quien sobre unos cartones medio mojados, con algunos restos de basura de los restaurantes, se hallaba escarbando entre los desperdicios. No pudo evitar seguir mirándolo y pudo ver que él no esquivaba su mirada. Tomó su celular, activó la cámara y después de varias tomas, siguió su camino.

Al llegar a la oficina consiguió un momento para revisar las fotos. Para su sorpresa, lo había conocido antes. Hace tiempo era como ellos, uno más. Sólo que ahora había perdido su altivez, su suerte, entre otros cosas. Un escalofrío le cruzó el cuerpo y acto seguido rompió a llorar.

Cuento número cinco

Ella le mira con una pregunta en el aire. A él, su mirada le pesa tanto que le ahoga. Es que quiere saber la verdad. Le ha dicho que saber de él, es demasiado, que no se puede soportar. Y, es que ni él mismo se cuenta todo lo que es, para dejar pasar los días y atajar palabras en el aire que le permitan hilar una respuesta que no los espante. Nunca tuvo el acierto de no llegar a ser todo lo que es.

Cuento número seis

Estaba en su habitación pensando que todo podía haber sido distinto. Un par de llamadas hubiesen bastado para no estar solo. Pero, de alguna forma sabía que prefería esto a una reunión de sonrisas fingidas, alegrías falsas y anécdotas de esas que se usan para no hablar, ni por error, de las cosas importantes.

Ya había pasado el momento. Todo estaba cargado de los testimonios de haberla pasado bien. No había hecho lo propio. Su página permanecía en blanco. Leía con desgano los comentarios, revisaba las fotos buscando algún detalle que revelara la realidad detrás de las poses. Esto formaba parte del ritual personal con el que cubría su propia realidad, ese espeso manto gris con que velaba todas las cosas, los momentos, los recuerdos, las reuniones, las conversaciones. Ese aire denso se respiraba en su presencia.

No había anotado nada en la lista de propósitos, de la cual, por cierto, se burlaba siempre, hasta que las personas optaron por no comentarle, invitarle y quedó solo.

Podría haber sido distinto, pero nunca tuvo la intención de cambiar.

Apenas recordarla, avanzó sobre su corazón una lanza dorada, le atravesó y quedó indefenso. Ya no podía hacer nada por evitarlo. Cerró los ojos tratando de escapar a su imagen y fue peor. Recorrió en detalle cada palma de su cuerpo, centímetro a centímetro, todo lo que había sido asunto de sus manos y, ahora sólo una imagen instalada en alguna de las habitaciones de su alma.

Se preparó un trago, un cigarro, se dirigió al balcón, se sentó y exclamó: -¡Dios! Cómo le costó aspirar el cigarro sin soñarla, cada sorbo sin sentir sus labios. Nunca pensó que sería así, o más bien, siempre lo supo.

Cuento número ocho

Jamás imaginó que en ese instante su vida cambiaría por completo. Estaba probándose una camisa en el vestidor cuando sintió que le miraban. Apenas entrar a la tienda se sintió atraído por la belleza de la dependiente. No se detuvo en más ni intentó nada, teniendo por descontado que tal hermosura y la diferencia de edad, sólo lo podían llevar al ridículo. ¡Ahora no entendía nada! Ella estaba ahí abriendo la puerta del vestidor, viéndole cambiarse mientras sostenía otra camisa en las manos, una que él no había siquiera solicitado. La aceptó y se aventuró a confesarle lo preciosa que le parecía, añadiendo algo respecto a la diferencia de años entre ellos, como para dejar claro el punto. Ni decirle que debía tener la edad de una de sus hijas sirvió de algo. Ella estaba dispuesta a conseguir lo que se le antojaba y así fue como el romance, la locura, la pasión y los regalos fluyeron por meses.

Ya no es así. Él no siguió adelante porque estas cosas tienen su fecha de caducidad, pero también perdió a su mujer, en parte a los hijos y, mucho del respeto que alguna vez sintieron.

Ayer, habían pasado dos años de aquel entonces. Se vieron y no hubo nada, ni chispas, ni emoción, nada especial. Él era un hombre más y ella cualquier joven. Pero nada era lo mismo y mucho se había perdido en el camino. Horas más tarde, sentado solo frente al televisor de su pequeña habitación, recuerda lo sucedido y no logra explicarse por qué dejó correr los dados en esa jugada que le costó los tesoros que más apreciaba.

Cuento número nueve

Se sentó solo en el malecón. Ese día el mar parecía querer tragárselo todo. Le gustaba entender cuál era la mecánica de las corrientes y se preciaba de adivinar por dónde podría volver a la orilla una vez que estuviera en el agua. No era la primera vez que sentía cómo se le abría un vacío en el estómago tan sólo de pensar lo que iba hacer, pero era parte del placer que le invadía. Tendría que esperar una buena ola para entrar, evitando las piedras. Luego se dejaría llevar paralelo al malecón y nadaría en diagonal mar adentro hasta sentir que la corriente lo soltara.

Eran las 6:30 de la mañana del miércoles. No había nadie. Había parado su carro, vio la hora, escondió las llaves, calentó, estiró y luego de unos minutos más de meditar, estaba listo. Según calculaba, en una hora o dos, debía estar de vuelta para ir a desayunar empanadas de cazón.

En medio de ese desordenado oleaje pudo ver entre el gris profundo de las nubes de tormenta, un rayo de sol que descendía casi vertical sobre su cabeza.

Pensó: -Deben ser pasadas las once. A lo lejos, las montañas de la costa dibujaban una difusa silueta. Estaba cansado, nadie le esperaba y esto no estaba saliendo como deseaba. No resultaba una idea muy afortunada para ese momento. Vadeó un rato, respirando pausadamente.

En fin, que si por la hora no comería las empanadas, un buen parguito con tostones y una cerveza, valían la pena también.

Cuento número diez

Desde que ella no está, ha quitado todos los relojes de la casa esperando que el tiempo se detenga, con la esperanza loca que al despertar la encuentre sin que los años se le hayan escurrido de las manos, pero no logra dormir con el tic-tac dentro de su cabeza y la cama vacía, llena de obsesiones.

Cuento número once

Se acercó. Sus ojos verdes habían recuperado ese color profundo de las esmeraldas y el misterioso brillo de aquel tiempo en que danzaba en los restaurantes de Persia y sus movimientos hacían soñar a más de uno. Le miró con picardía. Él, distraído, ojeaba los libros viejos que apilaban las librerías del lugar al frente de su establecimiento. Le abordó diciéndole: -Deberías haberme conocido cuando hacía la danza del vientre.

La miró, un tanto sorprendido, detrás de esa cabellera blanca, escasa y esos alambres ceniza, que irrespetuosos asomaban en su barbilla. -¿Qué habría? -se preguntó.

Trató de adivinar una respuesta mientras su imaginación iba dibujando la mujer que ella decía haber sido. Le tomó un instante percatarse de la emoción que ella sentía. Se le acercó, tomó el rostro de la anciana entre sus manos, le besó la frente, dio la vuelta y se marchó.

Iba pensando: -Ochenta y tres años, quizás... ¿Cómo irán a ser los míos? Una lágrima corrió sobre su mejilla, se la secó y continuó su camino. Minutos más tarde recordaba el beso que le dio a esa bailarina de ojos verdes como las esmeraldas.

Cuento número doce

Cerró la puerta del apartamento que rentaba. Miró los muebles viejos, los pocos cuadros de mal gusto que colgaban de las paredes abandonados por los antiguos inquilinos, la alfombra raída que cubría parte de la salita comedor y le resultaba tan, pero tan extraño encontrarse rodeada de inanimados en ese silencio y esa soledad que entraban con ella cada vez que cruzaba la puerta.

No resultaba fácil acostumbrarse. Había llorado bastante, mucho más de lo que había imaginado. Y, últimamente, los kilómetros de mar y tierra que cruzó para estar ahí se le agigantaban, haciéndole más difícil quedarse. Sabía que era temprano para cerrarse, que no lo aguantaría, así que, sin pensarlo dos veces, volvió tras sus pasos hasta la calle. Caminaba un tanto a la deriva, buscando aire, aliento, vida y, de pronto, una pequeña almohada que imitaba un peluche le llamó la atención. Entró y la compró.

Esa noche la abrazaba con fuerza. Luego, la acercó a su rostro, a sus labios, la apretó y rompió a llorar hasta quedar rendida, exhausta.

Pasó el tiempo. Ya tiene la habitación extra subarrendada a un par de chicas, al igual que el sofá cama de la sala donde duerme un joven. Siempre hay alguien cuando llega, pero aún le hacen falta cinco almohadas para dormirse, con un abrazo.

Cuento número trece

Jamás logró entender cómo se había tejido semejante red quedando atrapado en esa vida. Repasaba en detalle las decisiones que había tomado para llegar adonde ahora se encontraba y no mostraba sorpresa alguna. Aceptaba que nunca decidió nada y que más bien se hallaba en tal situación a razón de los eventos en los que se vio envuelto y, por aquellas cosas que terminaron sucediendo sin que él moviese un dedo para influirlas, cambiarlas o impedirlas.

Ahora estaba acostado en la cama de un hospital y oía: -No tendría por qué estar así. Pareciera que no quiere luchar. -Siempre fue así -dijo uno de los familiares. Los demás asintieron.

Cerró los ojos y jamás los volvió a abrir.

Cuento número catorce

Había terminado la primera botella de vino y tres cigarros estaban a medio consumir, apagados en el cenicero. El sol de la tarde daba sus últimas luces y él miraba en dirección contraria hacia otros horizontes que se iban oscureciendo. Seguía sentado solo.

Lo negro de la noche se instaló sobre la punta de su nariz. Recordaba la misma escena, pero los iluminaba una vela, sostenía su mano y sus ojos pardos le miraban. Él sentía en ellos la misma ansiedad de entrar al mar cuando en su agitación se mezclan agua y arena y, en sus aguas ya no se es capaz de ver lo que hay bajo los pies.

Ahora era su mano suelta y el silencio hablándole en su mente.

Aguzó la mirada y la noche le respondió con una oscuridad mayor, como diciéndole: -No tienes por qué ver más allá. Entonces, cuando sus miradas nunca más volverían a cruzarse, se dio cuenta de cuanto la amaba.

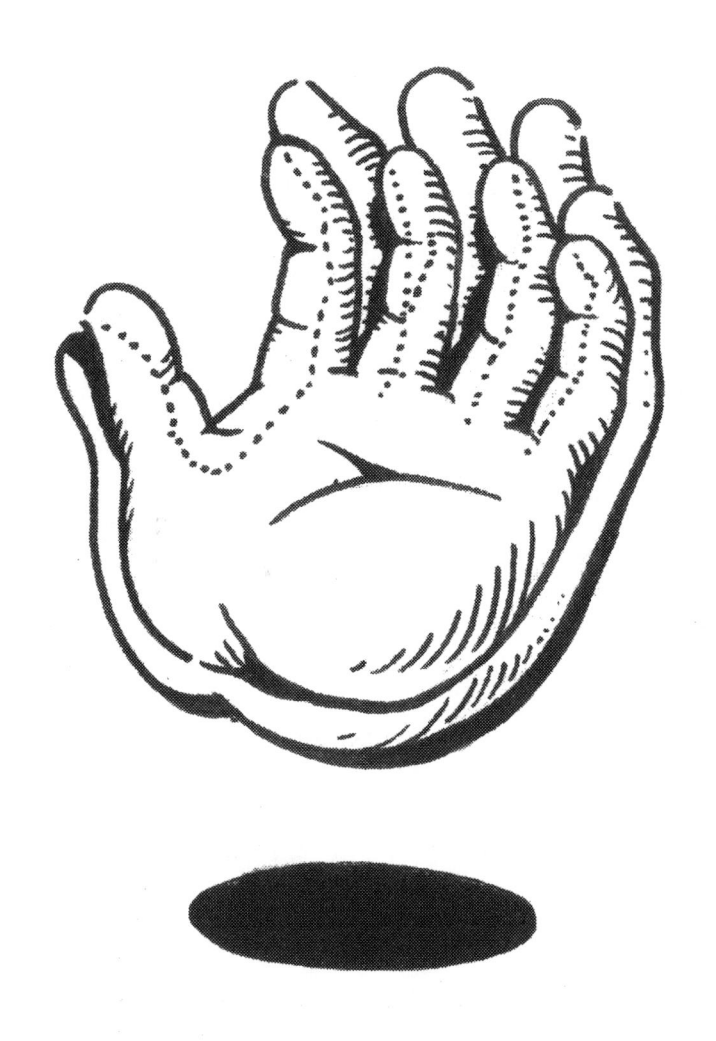

Cuento número quince

Al llegar, le pidió que se sentase a su lado. Así lo hizo, no sin antes darse un abrazo de esos que soñamos detengan el tiempo. Acto seguido viéndole a los ojos, le dijo: -Hazme saber que para ti he muerto. El hijo le miró y, en silencio, le habló de los cielos que había tocado, de sus amores y sus romances, de sus caídas y volverse a levantar, de sus risas y sus llantos. El padre sonrió al ver que sus alas eran inmensas.

Conversaron de cosas simples, de estar frente al mar y sentir que la brisa acaricia el cuerpo, de lo que dicen esos momentos en que todo lo habla el romper de las olas y la espuma que corre en la arena. Hablaron de la noche y cuánto muestra el cielo cuando la oscuridad da paso a las estrellas.

Le miró nuevamente y le pidió: -Abrázame hijo, que me estoy muriendo.

Cuento número dieciséis

Estaba sentado en el mesón del bar. Esperaba a uno de sus hijos cuando ella se acercó. Era una de esas mujeres a las que puedes verle las cicatrices en la espalda donde le cortaron la alas para bajarlas del cielo. Imaginaba él que tanta belleza, ni ángeles, ni santos, la podían resistir. Le preguntó qué iba a tomar y al voltear a verla, se perdió en ese mar inmenso de sus ojos profundos. Era blanca como la nieve, el cabello corto y negro, su voz suave música que invitaba al deseo. Le sugería los cócteles de la casa y, él no entendía nada, por decir lo menos, en ese estado de éxtasis donde se encontraba. Al volver a preguntarle, ella añadió:

-¿Desea que le repita? Y, sin más, él le dijo lo que le acababa de suceder. Para su sorpresa, le retornó su más hermosa sonrisa. Un escalofrío le recorrió la espalda y segundos después respondió: -Un martini seco.

El hijo tardaba en llegar. Los tragos avanzaban y la mujer se detenía cada vez un tiempo mayor mientras le entregaba su trago y cruzaban algunas palabras. Ya conversaban y ella se alimentaba de sus cumplidos y, él de su belleza.

Al llegar su hijo se impactó. Cualquiera se sorprendería ante semejante preciosidad. Se sentó al lado de su padre y hablaron. Una vez que acordaron lo que harían y se disponían a salir, ella le extendió la mano. Él la tomó para despedirse y sintió como le recorría un calor por todo el cuerpo. Vio que tenía un papel en su mano. Salió y ya en la calle lo abrió. Estaba anotado un número de teléfono. -¡Dios mío! -retumbó en sus adentros. Se lo mostró a su hijo, quien enseguida le preguntó: -¿Qué harás? Avanzó a la papelera que estaba asida a unos de los postes de luz y lo botó.

Cuento número diecisiete

Lo vio. Hablaba solo. No era la primera vez. A muchos le hubiese parecido que estaba un poco loco. Quizás resultaba más fácil creerlo por su avanzada edad.

También porque los años le habían caído encima todos de un solo golpe, a razón de un infarto a sus ochenta y uno. Ahora estaba distante, en su mundo. Lento era su andar y sólo una mirada profunda y llena de amor era capaz de encontrar en aquel hombre, las sombras de su enorme saber, su capacidad de lucha y su temple.

Lo vio. A diferencia de otros, se interesó en oír y entender sus conversaciones y así fue cómo se enteró que hablaba con sus amigos idos, sus compañeros de infancia, de la guerra, de aventuras. No hablaba solo. Ellos estaban ahí, con él.

Fue extraordinario comprender que era un privilegio que en sus últimos tiempos hablara más con quienes esperaban recibirlo, con quienes le habíamos acompañado. Estaba tranquilo, calmado, sin miedo.

Sabía adónde iba y se sentía cómodo de emprender tan maravillosa aventura.

Todo era tan claro, tan lleno de paz, un inapreciable momento.

Cuento número dieciocho

Tomó las tres cajas que tenía guardadas en la parte alta del armario, esas llenas de recuerdos que terminan arrumados en algún sitio tratando de ser olvidados.

Se sentó en el cómodo butacón de orejeras y colocó la primera de ellas sobre su regazo, siendo un decir la primera, porque poco sabía el orden o su cronología. No la había abierto aún y ya las lágrimas se asomaban a sus ojos.

Sorbió un par de tragos del whisky que se había servido, pese a que aún no pasaba del mediodía, como quien busca fuerzas en los lugares donde se pierde. Levantó la tapa en una especie de ritual que le confería a ese momento un aire de solemnidad. Sacó un grupo de fotos atadas con un cordel rojo, seguro sobrante de un regalo. Lo desató y en la medida que el nudo se iba soltando, uno más fuerte se le iba apretando en la garganta.

Conocía bien lo que se puede uno encontrar cuando revisita la habitaciones del alma, pero quería hacerlo. Se sabía con el tiempo escaso. Sus manos temblaban, sus ojos brillaban como luces bajo el agua, inhaló largo y profundo y, comenzó a llorar.

No había visto ni siquiera la primera de ellas.

Cuento número diecinueve

Caminó al mirador que daba sobre la ciudad. Ese sitio mágico que, enclavado en la montaña, se anunciaba en medio de la noche, con un sol que nacía de sus luces y un volcán de estruendoso rugir. Llevaban más de una hora de camino y ahora bajaban por detrás para llegar al lugar.

Él era el guía de tan extraña excursión. Una cuyo verdadero viaje comenzaría cuando estuviesen en ese espacio donde la ciudad decidiera irse callando y sus luces se fuesen desvaneciendo. Verla desde semejante altura no era algo fácil de soportar, menos en la sensibilidad que invadía a quienes se entregaban por completo a su iniciación. Era su sitio, su ritual, su mito, su leyenda. Era ese pedacito de historia que sólo ese pequeño grupo de amigos era capaz de reconocer.

Años más tarde tuvo que regresar. Desde aquel día, invariablemente, dudó si había logrado volver o si su cuerpo aún estaba en aquel lugar.

Cuento número veinte

Se reunieron. Eran más o menos los mismos seis de los últimos cinco años, aunque antes eran como ocho.

En esas edades, donde lo que va quedando son conversaciones y café, son muchos los que desertan involuntariamente.

Ya han ido llegando todos. Siempre se esperan mientras echan sus cuentos. Este es realmente el motivo de la reuniones: los cuentos, pero llama la atención verlos hablar, agitarse, interesarse, discutir. La verdad es que de lejos nadie sospecharía que la conversación, la mayor parte de la veces y en los últimos cinco años, no ha cambiado. Y, si bien alguno de ellos se pierde, mientras cuenta sus anécdotas, siempre hay otro que es capaz de completar el pedacito de historia, para que el compañero pueda continuar. No en balde, no hay casi nada nuevo que relatar.

Hoy es diferente, hay menos algarabía. Es que ya saben de sobra que cuando uno de ellos falta a tres o cuatro reuniones, lo más seguro es que no vuelvan a verle y, a esto no se acostumbran. De eso ninguno quiere hablar.

Cuento número veinte y uno

Estaba pensando en mi padre. Veía su foto en el silencio de una casa que ha quedado vacía. Recordé tanto, sin lágrimas, porque no quedó nada de su amor por recibir, siendo que nunca dejó de estar. Quizás fui yo que en medio del ruido había dejado de escucharlo por un tiempo.

Se sentó a mirar el juego. Su hijo estaba en uno de los equipos, así que ya eso era suficiente razón para ir. Las gradas estaban medio vacías. Al fin y al cabo no era más que uno de los primeros juegos de la temporada y se trataba de esos que llaman "amistosos", algo así como que los resultados no valen para nada.

Su hijo le acompañó hasta las gradas. Él sintió los escalones, se despidió con un beso y luego a tientas buscó un puesto libre que le resultase cómodo. Se sentó y dirigió la vista sobre el campo. El verde de la grama no era brillante, como recordaba que solía ser. Tampoco lograba verle las caras de emoción que en esos momentos se dibujan en el rostro de los pequeños. Siguió hasta donde pudo la silueta de su jugador favorito hasta que se unió al grupo que se alistaba para el inicio del partido. Luego lo perdió entre ese bulto de sombras. Ya no tenía lágrimas para estos momentos. Sonrió recordando cuando era capaz de ver.

Cuento número veinte y tres

Él, tendría dieciséis. Ella, recién había celebrado sus quince. Jugaban a la botella en el club. Ese de darle vueltas y ver a quién apunta la base, que será quien exija y, la punta para la víctima, por decirlo de alguna manera. Él estaba solo y ella con su noviecito. Se moría en sueños y se le alborotaban mil mariposas entre pecho y espalda esperando tener la fortuna de que la señalara a ella y pedirle: -Una pregunta o un beso. Obviamente lo segundo, pero vueltas y vueltas y, nunca llegó .

Pasó el tiempo y, ahora que la vuelve a ver, ambos saben que quedó pendiente un beso. Lo decía, sin duda, su deseo, pero lo confirmaba la mirada pícara de ojos brillantes de ella. Sin embargo, si antes hubiese sido nada, ahora, ¡ahora no!

Se saludaron y conversaron. Más bien un trío de preguntas de esas que cualquiera haría. Cada quien a lo suyo y con sus cosas de pensar los reencuentros que no se dan, aquello que no se repite, con el agua que ya se perdió en el mar.

De vuelta a su casa piensa: -Se me perdió tu beso. Y, se dice por dentro con miedo a que su silencio hable por él: -Cómo queman unos labios de sólo desearlos, ¡cómo se abren los vacíos en el alma y no se vuelven a llenar! Es que para esos que en el tiempo se fueron, no hay botellas girando ni un pasar de palillos que se acortan.

Son sólo labios perdidos que nunca se llegaron a tocar.

Cuento número veinte y cuatro

Había soñado desde siempre con regresar, pero fueron innumerables las excusas que encontró para no hacerlo. Igual fue con muchos de sus sueños: algo o alguien la retuvo. Se jactaba de decir que jamás contravino a su madre mientras, sin saberlo, entregaba sus ansias de juventud y se plegaba a vivir según le decían debía ser.

Cuando tuvo su momento copió este patrón y es así que la vida: "tenía una sola forma de vivirse" y si alguien sabía cuál era, sin duda, esa era ella. Pocos encontraron sus palabras y sola se fue quedando. Las visitas se hicieron escasas y las llamadas menos.

Un día despertó. Estaba de regreso, pero el tiempo y la vida le habían hecho una mala jugada. La verdad y, para ser justos, esta parecía la peor. Desde hacía tiempo le estaba botando las cartas cuando tenía una buena mano o, al menos, la oportunidad de jugársela. Mientras pide en silencio terminar con este suplicio, muy adentro una voz le dice: -No se trataba de cambiar de lugar.

Pero, es tarde y de poco vale escuchar.

41

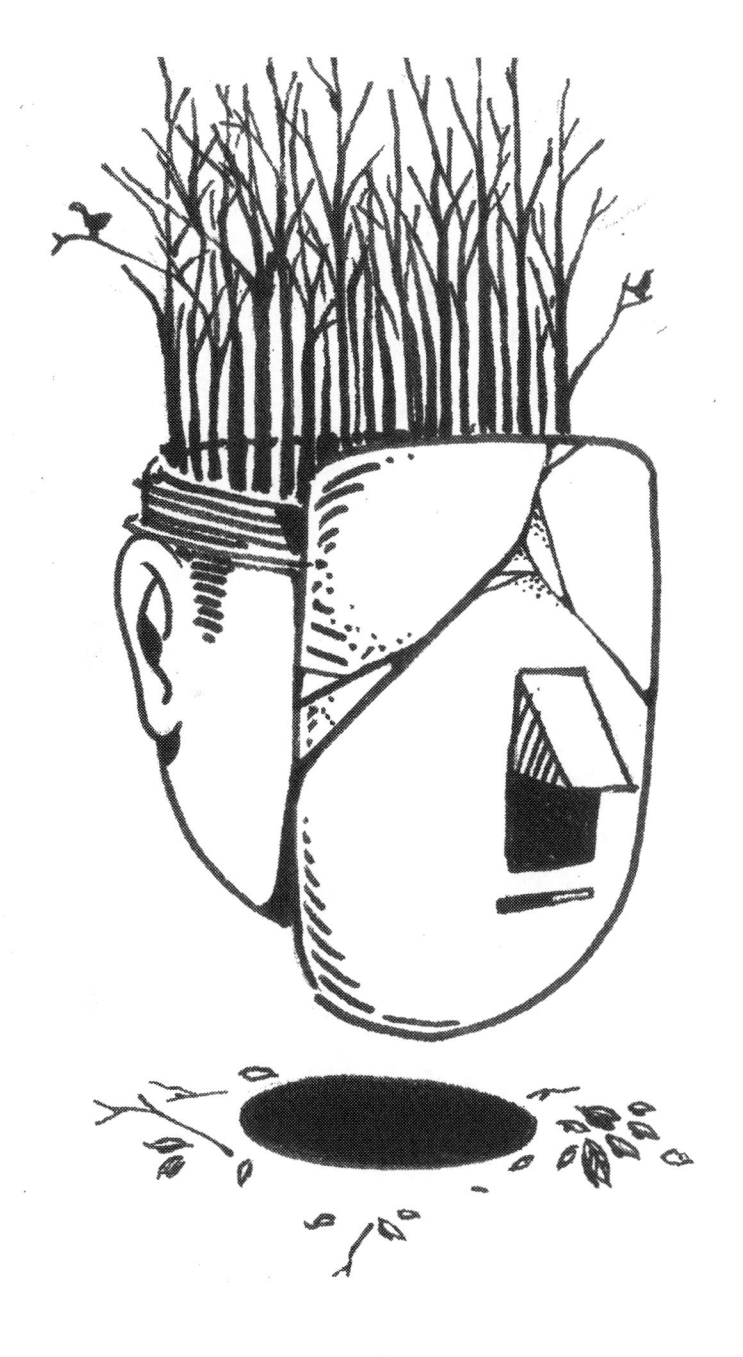

Corrían juntos. A veces tomados de la mano, otras tantas, sueltos. Ella iba siempre descalza. Él no entendía cómo. Lo había intentado, pero las piedras del río parecían tener filo y las ramas, espinas. Ella, sin embargo, era como si flotara. Le costaba seguir su paso aun andando calzado. Los años pasaban y seguían encontrándose a orillas del bosque de galería, para iniciar sus carreras, sus juegos. Estaba enamorado, ella también. Pero de pronto, ya no iba con tanta frecuencia al bosque. Los estudios, los amigos, hasta la televisión y los juegos de video ocupaban aquel hermoso tiempo que antes compartían. Ella no podía más, sentía que agonizaba. Nunca fue orgullosa y mucho estaba en juego. Se acercó esa noche a la ventana de la habitación en la casa de campo donde vivía con sus padres. Estuvo observando hasta que, por fin, entró a la habitación. No podía creerlo. Ella tocaba el vidrio para avisarle que estaba allí. Le invitaba a ir esa noche, era luna llena y habría luz suficiente para andar por el bosque.

Se negó, le daba temor. Había perdido esa magia que antes le hacía andar de aventuras, sin tantas preocupaciones. Ella se retiró y sintió como si se fuese desvaneciendo. Él no la soñaba como antes, ni la extrañaba. Prefería a sus amigas del colegio, los juegos de video y su vida de joven. Se decía: -Ya no soy un niño. Ella parecía que se negaba a crecer.

Treinta años más tarde, regresó. Del bosque de galería no quedaba nada. La quebradita era un hilo negro pequeño y maloliente. Se aventuró a dar unos pasos. A lo lejos se veía una niña, para nada como la hermosa muchachita de aquellos tiempos. Cruzaron la mirada. Creyó reconocerla en aquellos ojos que brillaban como diamantes, pero se dio la vuelta y regresó tras sus pasos. Era así la segunda vez que le daba la espalda.

Entró a la tienda. Buscaba un portarretratos de esos de antes, nada digital, uno sencillo para colocarlo sobre su mesita de noche. Estaba cerca el Día del Padre. La gente de mercadeo había hecho de las suyas y no pasaba desapercibida su labor.

Ya no eran modelos hermosas o émulos del David los que, vestidos o semidesnudos de manera impecable, se presentaban tras el cristal, enmarcados en plata, madera de ébano u otro material. Familias perfectas, con padres perfectos e hijos que, por pura casualidad, eran varón y hembra, se lucían. Él, vestido de traje y corbata, con un peinado que ni el más osado viento intentaría desordenar, pero con un dejo de descuido que no aguantaba un mínimo escrutinio. Ella, una que de haber parido alguna vez parecía que luego los dioses hubiesen decidido reconstruir a Venus y darle las prendas de vestir que resaltaban toda su belleza, haciendo dudar a todas luces que fuese la madre. Luego los hijos. El pequeño príncipe amoroso y armonioso con su cabello cortado de manera intemporal, no sabría decir cuál era el estilo, parecía el de alguien obediente, limpio, estudioso, brillante. La niña, la envidia de las hadas, con sus ojos grandes, brillantes y su cabello que se enredaba en graciosos bucles que caían sobre su espalda.

Atrás de fondo, una sala amoblada con el lujo de algún palacio de cuentos, de esos que sueñas cuando todavía no has caminado un tanto la vida. Así como éste, otros repetían el guión.

Siguió caminando, viendo entretenido y pensando en su familia. Él, no podía presumir de su estatura, menos de su cabello, por no decir más. Ella, su amada reina, acusaba la brega de algunos años duros y otros más, los que acentuaban su atractivo. Los hijos llevaban las de ganar. Tenía cuatro, lo que hacía difícil colocarlos a todos en ese pequeño espacio sin que parecieran un equipo. Y, ¡qué decir de los cortes y los estilos! Cada uno era un mundo, todo tan diferente, tan distinto, problemático y divino, que enseguida se halló sonriendo pensando en cómo se verían. Lo tenía clarísimo. Cuando llegó a su casa retiró la foto de tan extraña familia y la tiró en la papelera.

Ahora contemplaba la foto que le hacía feliz. Se sentía muy orgulloso.

Cuento número veinte y siete

Se acercó hasta una distancia que a la gente le da por llamar prudencial. Reía de pensarlo: -Cómo si el dolor se fuese a quedar un poco más lejos por no estar ahí al lado de la fosa donde en minutos estaría ella. Miró a su alrededor. No era mucha la concurrencia.

Vidas así se apagan sin tanto revuelo. Él, estaba enterrando parte de su alma. Ya era tarde para todo, para los besos que no se dieron, para los deseos que quedaron pendientes. La primera palada de tierra la sintió como si se la hubiesen echado en la cara, la segunda le quitó el aliento, la tercera le instaló el sabor a humedad sobre los labios, la cuarta, la quinta...

Todos se han marchado y él sigue ahí. Todavía no se ha decidido a dejar la flor que lleva en su mano, pero todo lo demás ya lo decidió el tiempo.

Cuento número veinte y ocho

Todos sabían cómo sería esta vez. Bastaba ver que así había sido durante los últimos años, pero ninguno se atrevió a comentar nada. Tampoco vendría. Nadie quería decirlo. Hacía tiempo que no los veía, no le esperaban.

La reunión tenía tiempo de comenzada cuando, de pronto, sonó el timbre. Por la mente de su hijo corrió la duda. Otros ni se inmutaron. Al abrir la puerta, ahí estaba, otro comensal. Al despedir al último de los invitados, subió a su cuarto. Entre las sombras vio a un anciano alejarse. Le pareció familiar.

A la mañana siguiente recibió la noticia. Su padre había muerto.

Cuento número veinte y nueve

Hace nada todo parecía ir bien. Él ya se había despertado y rondaba sin hacer mucho. Cerca del mediodía salió su hijo de la habitación. No pasaron ni tres minutos antes que el ambiente rozara las temperaturas del infierno. Babel hizo de las suyas con las palabras y casi no faltó ningún insulto por proferir. Ambos estaban exhaustos, agobiados, entre los casi sesenta que te roban las ganas y los dieciséis que revientan de vida. Las diferencias eran tantas que el desencuentro era camino fácil.

Cuando regresó en la tarde, más bien en la noche, alargando el tiempo fuera de una casa donde era imposible hallar refugio, le encontró. Un hilo de sangre corría sobre el caminito de piedras. Se arrodilló, le dio un beso, diciéndole que lo amaba. Luego caminó hasta su habitación llevando en su mano el revólver que hace poco le arrebatara su más preciado tesoro. Se sentó y respiró profundo. Aun así sentía que se ahogaba. No dudó ni un segundo en acompañarle. En el alma de cada uno había tanto amor como el silencio que lo ocultaba.

Caminaba por la orilla de la playa. Mientras se alejaba no le hizo caso a los seres que agonizaban. Estaba en lo suyo, prefiriendo escuchar la rompiente o la brisa en sus oídos. Poco le interesaba lo que le estaba sucediendo a esas criaturas, aunque no se podría decir que no le dio una mirada curiosa a tal hecho. Siguió hasta llegar al faro. Tenía cerca de una hora caminando y la tormenta que se veía a lo lejos, aconsejaba regresar. Así lo hizo.

A la mitad del camino, más o menos, comenzó nuevamente el espectáculo de las criaturas abandonadas a su suerte. Pasó de largo las primeras dos. Parecían adultas por su tamaño. Luego topó con una pequeña, la tomó y la devolvió al mar. Luego una mayor. Siguió su camino y dejó tres en agonía, entre ellas dos pequeñas y una grande. Luego tomó otra grande y la acercó con sus pies al mar. Esto se repitió unas cuantas veces, algunas salvadas, otras abandonadas. En cualquier caso, si la tormenta entraba era probable que las arrastrara dentro al mar. Quién sabe si las que había ayudado quedarían tiradas sobre la arena. Ya no le veía ningún sentido a su tarea.

Siguió hasta volver a su casa. Se sentó pensando en la inutilidad de su acción. Ese juego de salvar o dejar, esa pequeña sensación de ser el Dios de esas criaturas. De pronto le dio un escalofrío que le heló la espalda y lo hizo temblar. Pensar en que también nosotros somos elegidos o no, que una tormenta nos puede salvar o matar, que estamos lanzados en algún lugar del inmenso universo, esperando, en no ser o, de pronto...

Esa noche le costó conciliar el sueño.

Cuento número treinta y uno

Él la miró. A lo lejos se veía desenfadada, complaciendo sus pies con la espuma del mar. Cada ola, una caricia. Ella soñaba, serena, excitada, absorta en sus fantasías. Caminó hasta donde se hallaba. Se instaló entre ella y el mar.

No se molestó y, casi en un gesto automático, extendió sus brazos. Se abrazaron. Él busco sus ojos, ella esquivó la mirada. Tomó su rostro entre sus manos, ella cerró su párpados. Ya no quedaba ningún brillo que entregarle. Enseguida comprendió que el amor no estaba.

Se retiró en silencio. Ella volvió a sus pensamientos. En el mudo lenguaje de su mirada estaba todo dicho.

Ya no le amaba. El mar se encargó de borrar los pasos de ese encuentro.

Cuento número treinta y dos

El día soñado había llegado. La ropa esperaba colgada en el armario, los zapatos limpios y brillantes. Cada quien a su manera, pero siguiendo las reglas de etiqueta para el momento, tenía su vestuario. Lo mismo que las joyas de ocasión o los relojes y bolígrafos de marca.

El número de invitados, no se podría decir que era exagerado porque rondar los mil, era cosa común. El local impecable, los entretenimientos pensados al segundo, la cena, los entremeses, los postres, la bebida, la mesa de los quesos y los vinos que los acompañaban, ningún detalle se pasó por alto. Casi ninguno, sería mejor decir.

La hora se acercaba, los nervios aumentaban y la quinceañera se apresuraba en los últimos retoques. Ya había mucha gente en el salón y por eso apuraron la marcha. En el cruce anterior a la esquina donde debían subir para llegar a la fiesta, el carro venía pasando en amarillo cuando sintió el impacto, justo sobre la puerta de atrás, donde ella perdida en su mundo y en la música de su dispositivo, recostaba la cabeza contra el vidrio.

Ya no habría celebración. Un absurdo de trajes largos y de etiqueta, parecían negar el suceso. Ella ni se enteró de lo que había pasado. No lo haría tampoco, todos se negaban a creerlo. Había muerto.

Mientras, sin saberlo, entre risas y tragos, los invitados seguían celebrando a la espera de su llegada.

Cuento número treinta y tres

Se cumplía su sueño. Por esas suertes de la vida le había tocado a él. Familiares y amigos se vestían de ocasión.

El tomaría posesión de su terreno. Tanta vida y tanto trabajo, tanto sufrir y padecer, pero es que las cosas no llegan sin esfuerzo. Su recompensa: este pequeño terreno sólo para él, que ahora bajaba para quedarse en esa tierra en un para siempre, de esos que no decides tú, de esos con cajita de madera y cuerpo inerte. Sueño cumplido, ¡la vida siempre recompensa!

Cuento número treinta y cuatro

La oía hablar sin perder una palabra. Le costaba oír desde su sitio y tampoco podía sostenerle la mirada.

Aún así no perdía detalle de su figura, del movimiento de sus labios, del torrente de palabras que no cesaba y el movimiento de sus manos, sus gestos, sus piernas que se cruzaban y descruzaban y, su cabello.

Ella seguía en su conversación. Su interlocutor, mudo, revisaba su móvil. A veces, en un ademán que merecía silencio o una bofetada, emitía un murmullo para asentir lo que ni siquiera había escuchado.

Él por el contrario hubiese podido repetir con detalle cada uno de sus comentarios. Lo del divorcio, lo de su amiga, lo de los hijos, el asunto de su mamá. Se sentía tan cerca al escucharla, tan compenetrado, sentía sin duda que merecía al menos una señal de aprobación, una sonrisa de cortesía.

Ella acercaba su mano y tomaba el brazo de aquel ser irreverente que poco menos levantaba los ojos para hacer como si la miraba. Al final no pudo más, pidió la cuenta, pagó y se marchó. Miró atrás y la pareja seguía, en la mesa de al lado, con el monólogo de ella y el aburrimiento de su pareja.

Cuento número treinta y cinco

Sabía como nadie lo que se siente estar llena de vida. Bastaba ver la intensidad de la suya en los veintitantos años que acumulaba. También sabía del descanso que no llega cuando tiene que llegar y, lo natural que resulta ayudar a aquellos que se quedan entrampados en una vida que no es tal. No era la primera vez que escuchaba hablar de esas mujeres de temple, en los pueblos de su querida tierra, que tenían el oficio de acompañar los últimos instantes de los que desean partir y no encuentran cómo.

Pero ahora era distinto. Ahora no eran historias, ni tampoco había una de esas señoras siempre ataviadas de negro que nunca parecían sorprenderse o ser sorprendidas por la muerte. Ahora estaba ella sola. Vestía su traje de enfermera y recibía a estos jóvenes mutilados, heridos, desfigurados, donde el deseo de no vivir o no seguir adelante con una vida así, era lo único que tenían claro. Hubieran preferido ser héroes porque eso definía si estabas o no, muerto. Pero no lo eran. Eran heridos de guerra, con gangrena, imposibilitados o que habían perdido parte del rostro. En fin, cualquier cosa menos lo que habían soñado.

El primero en morir, casualmente, fue un buen amigo de ella. Le había retirado las imágenes, las medallas y las oraciones. Al amanecer, su dolor, su pena y todo el sufrimiento inútil, actual y por venir, habían cesado.

Uno de los soldados, en la cama de al lado, la llamó. Había sido compañero de combate de su amigo.

Le costaba mucho hablar pues le faltaban sus dos piernas. El dolor no lo mitigaban los calmantes. Ella acercó su oído a su boca y dejó deslizar suavemente una súplica: -Ayúdame a mí también. Se alejó bruscamente, pero la siguió con la mirada hasta que asintió con un gesto. Al día siguiente, él dormía para siempre.

La retiraron de ese pabellón. Al principio sólo uno de ellos pedía que la regresaran. De pronto, las voces se hicieron casi unísonas.

Entre murmullos y lamentos, su nombre estaba en los labios de todos.

Cuento número treinta y seis

Habían transcurrido unos veinticinco minutos desde que llegó. Estaba sentada. Tenía su perro al lado y le esperaba. No eran ansias de verle, de hecho, poco le importaba. Pero si de algo estaba clara, era que en esto de las citas a ciegas, lo que dicen por Internet muchas veces no tiene nada que ver con la realidad.

En cualquier caso se sentía cómoda con su pastor de guardián. Es más, para este momento le era imprescindible. Él llegó y enseguida la reconoció. Era idéntica a la foto que había publicado. Se acercó y antes de sentarse le advirtió: -Soy yo, tu amigo virtual, y sonrió. Ella no se percató del gesto, pero sí le llamó la atención que riera. Tenía interés en conocerle, saber qué pensaba, sus gustos y confirmar con algunas preguntas si lo que decía era cierto.

En un punto de la conversación sintió que tenía una imagen bastante certera de él. No era que sintiera confianza, más bien lo contrario. Pese a eso se le acercó y tomó su mano entre la suya. Él no hizo ningún movimiento. Ella colocó una mano sobre su rostro, recorrió el contorno de sus ojos, la nariz y alrededor de sus labios.

Él intentó hacer lo mismo.

Ella le miró de frente tras sus lentes oscuros. Le retiró la mano. Le dijo: -No es lo mismo, no entiendes, nada sabes de mi mundo, de mí, de lo que siento. Él se mostró confundido. Eso la molestó más aún. -No volveremos a vernos. Esto fue un error. Rodó su silla hacia atrás, el perro se incorporó de inmediato y se colocó a su lado. Se quedó pensado en lo hermosa que era. La vio marcharse, pero prefirió no decir nada.

Su figura y la de su lazarillo se fueron perdiendo en la distancia.

Cuento número treinta y siete

Caminó hasta la primera puerta y la abrió. Se sorprendió al ver todo igual como hacía años. Habló con un hombre de unos setenta que se veía inquieto. A su lado no habían muchos amigos. Sin mucho afán comentaba: "Se van yendo", pero eso no le impedía sonreír. Estaba ávido por conocer más sobre este señor. Sentía que estaba buscando algo más que una amena conversación. Así fue. A los pocos minutos avanzó hacia la puerta del fondo y esta vez vio más gente que conversaba: algunos éxitos, algunos lamentos, otras tantas opiniones, pero nada de lo que buscaba. La puerta siguiente tenía escrito el número cincuenta, parecía querer marcar un hito. Unas cuantas parejas conversaban, algunas todavía lucían muy atractivas. Una mujer en particular le llamó la atención. Cruzaron miradas y algunas palabras. Ella se acercó tanto que le puso un poco nervioso, pero no era este el lugar, ni el momento.

Siguió adelante, sabía más o menos dónde buscar y no se detuvo hasta llegar a una habitación ya cercana al final del pasillo de este curioso hotel, la número 20, 19, 18, 17, hasta llegar a la 16.

Le temblaba la voz aunque no decía nada. Se le pegaba el pecho contra el espinazo y le costaba respirar. Sentía en sus labios una falta, su piel estaba erizada y los ojos brillantes mojados por las lágrimas. Se acercó más, ¡no lo podía creer! Estaba ahí tal como lo habían dejado, roto y abandonado. Lo recogió, lo limpió, lo pegó y cuando estuvo listo lo colocó en su lugar. Ahora se sentía bien, se sentía lleno. Supo entonces que era hora de marcharse, pero no le molestaba. Una inmensa paz le producía este suave y acompasado sonido del corazón que había vuelto a colocar en su pecho.

Cuento número treinta y ocho

Caminó como si nada por el callejón. Se hizo a un lado al llegar donde dormía el mendigo envuelto entre ropas y papeles. Su pareja le miró un tanto aprensiva, nerviosa y ambos comentaron sobre el olor desagradable que le circundaba. Al terminar de cruzar, estaban sobre una de las calles principales. Se acercaron a la puerta de un hotel. Al entrar la anfitriona no dudó ni un segundo que iban a la fiesta privada que se celebraba en el penthouse. Salieron cerca de las cuatro de la mañana, varios tragos, varios cigarros y unas cuantas conversaciones, después.

Hacía mucho frío pues ya se sentían las primeras heladas del invierno, pero los dos estaban bien abrigados y la terraza del penthouse también tenía bien dispuestos mecheros que daban un rico calorcito cada vez que provocaba acercarse.

En fin, una noche extraordinaria. Con acierto decidieron no regresar por el callejón. El pobre hombre había muerto de frío a eso de las 3:30 a.m.

Cuento número treinta y nueve

Cuando la conoció, enseguida sintió la desesperante inquietud de hacerla suya.

Su mujer, su amor de siempre y para siempre. No cesó en su empeño y ambos iluminaron los cielos de la noche con el brillo de sus ojos. Nunca, nunca hubiese podido creer que la perdería. El desconsuelo le acompañó invariablemente. Volvió a casarse con la hermana gemela. No hubo chispas, ni brillaron ningunos ojos, ni el aroma de dos cuerpos que se juntan invadió los recintos donde jugaron a fingir deseo. No fueron felices.

Él murió soñando con su eterno amor, ¡la mujer más bella del mundo!

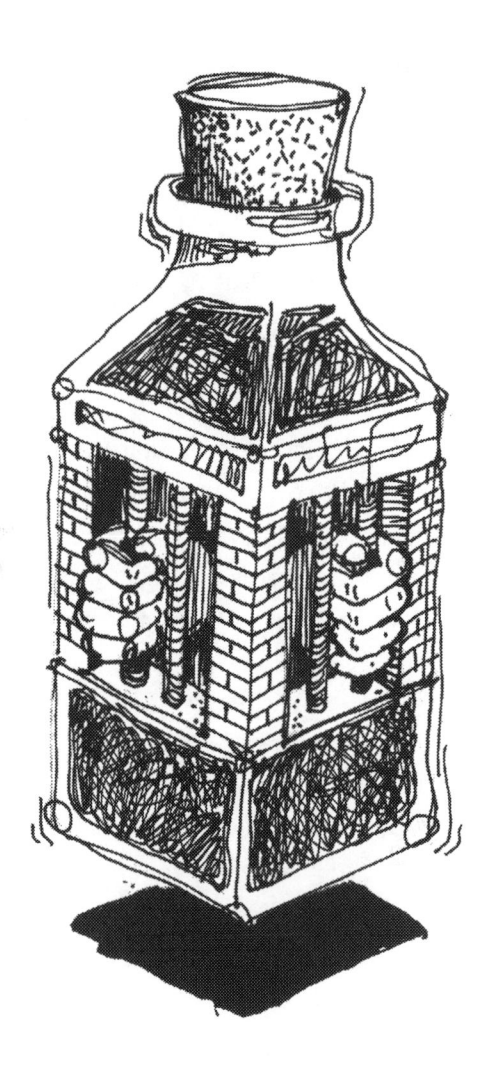

Pensaba, mejor dicho trataba de hacerlo, porque el alcohol en la cabeza no ayuda a tener las ideas claras.

La veía. Todas sus rabias y frustraciones estaban en su mirada acusadora que en silencio le decían sus errores, sus fallas, sus fracasos, su mezquindad.

Él, pobre infeliz, poco podía contra esa mirada, que se le antojaba como si fuese un faro enceguecedor que le hacía doler los ojos, el alma. Peor era su voz que, como si fuese la alarma de todo el cuartel de bomberos, le explotaba los tímpanos y aún sin entender qué decía, daba por hecho que serían insultos a su hombría, ahora menoscabada por el vómito que manchaba sus zapatos y la manga de su camisa en el descuido que tuvo al tratar de limpiarse la boca.

No entendía lo que estaba pasando, por qué los amigos le dejaron solo cuando salió de la fiesta, por qué esa "loca" lloraba, ni por qué no le dejaban ver a sus hijas. Poca fuerza parecía tener, pero sus casi cien kilos como avalancha sobre esa delicada criatura de poco más de cuarenta, era un crimen en sí mismo. Si a esto le añades los puños cerrados y una rabia tan desmedida como injusta, el resultado estaba cantado.

Tantas veces ella se había dicho: -No lo aguanto más, me iré. Esa mañana amaneció tirada en el piso.

No reaccionaba a la llamada de sus pequeñas, que sin entender por qué esta vez no despertaba, no sabían si salir a esperar el autobús del colegio o qué hacer. A mitad de clases las fue a buscar un policía y una asistente social.

Mamá no despertó más. La vida de las niñas nunca volvió a ser normal. Un hombre en la cárcel no logra recordar qué pasó esa noche, ¡si sólo fueron un par de tragos!

Cuento número cuarenta y uno

Gritaba desesperado en un interminable sufrimiento. Los que estábamos en la sala de espera sentíamos que cualquier cosa fuese la que nos trajo a consulta, era minúscula comparada con lo que a este anciano le sucedía.

Estaba en su silla de ruedas, encorvado, gastado, furioso, incómodo y desesperado. El dolor y la vida que le había jugado esta mala pasada, le hartaban. Casi tanto como harta estaba la hija que le acompañaba y a quien de tanto verle en ese estado, le parecía insoportable. Mientras esperaban le decía: -¡Basta papá, basta! Ya te van a atender.

Estaba lejos de ser cierto porque el médico no había llegado y, por la cara de su asistente, no era seguro ni siquiera que vendría. La gente ya comentaba. Algunos se retiraron de la sala para no oírle. El gemido de dolor no cesaba. Sólo que por veces disminuía su volumen. Era víctima de un cansancio acumulado por años. No faltaba quien miraba a la hija con cierto recelo y desprecio por la aparente desidia con que se manejaba ante el inacabable padecer de su padre.

Mc mordía la lengua por decirlo. Estaba seguro de entender lo que quería este pobre hombre. Por dentro me repetía: -Cállate. No es de tu incumbencia. ¡Cállate y ya! Sal tú también, deja esto así. Pero es más fácil pensarlo que hacerlo. Así que de pronto le dije a su hija: -Creo que quiere agua. Ella ni se inmutó. Fui al bebedero y serví agua en un pequeño vaso desechable. Me acerqué temeroso al anciano. Él me miró, le tomé la mano y acerqué el vaso a su boca, dio un pequeño sorbo, cerró los ojos y calló.

Creo que necesitaba saber que no estaba solo. Al rato dejó de respirar profusamente y de emitir esa especie de ronquido. Cualquiera no sabe cuáles esfuerzos o deficiencias tenía para respirar.

Seguimos esperando que llegara el doctor. Quince minutos más tarde el anciano había muerto.

Cuento número cuarenta y dos

Se habían vestido de fiesta. Ellas, de gala. Las más modernas, con algún taller. Ellos, de traje y corbata, relojes de oro, joyas excesivas, exuberantes. Sin duda habían abrazado el éxito en algún momento.

Cuando entró al salón para lo que era la cena del condominio, luego de arreglarse secándose y peinándose el cabello con esmero, calzándose zapatos de tacón, llevando su mejor bluejeans de marca, las miradas todas se voltearon hacia ella. No eran muchos ojos, mas bien la mirada de un ojo colectivo, de pensamiento homogéneo, obsoleto y desaprobador. Caminó sin encontrar quien la presentara. Se retiró por igual. No hubo despedida alguna. Todos ellos reflejaban una arrogancia suprema. Ella se dio la vuelta justo antes de cruzar el umbral de la puerta. Vio tras de sí una cantidad de siluetas curvadas, como gárgolas. Un escalofrío le corrió por la espalda.

Sabía que no volvería más. En ese lugar a la vida también le dieron la espalda.

Cuento número cuarenta y tres

Desde siempre me había resultado mucho más fácil abrir esta puerta que cerrarla. Dentro, los primeros peldaños comenzaban a perder luz y no había que caminar tanto para sumirse en la oscuridad. Y esto no era lo peor. Una vez empezabas a descender, el terreno era resbaladizo, la humedad y el calor aumentaban y el aire se espesaba al punto que respirarlo era más como tragarlo.

En los primeros años cuando comencé este tránsito, no puedo decir que fuese sencillo volver a subir. Pero siempre o casi siempre, estuvo alguien para ayudarme. Más adelante, la memoria jugaría un gran papel para recordar donde pisar y desandar tan mal territorio. El tiempo pasó. Este lugar permanecía intacto. No yo, que estaba cada vez más agotado, torpe en la memoria, falto de sueños y me era más difícil emprender la vuelta. Los amigos, a muchos se los había engullido el tiempo, la distancia o simplemente habían decidido que por sus obligaciones, era mucho pedir su compañía en estas lides. Los amores también hicieron su parte, o la vida hizo su parte con ellos y me fui convirtiendo en un actor.

Falsos abrazos, sonrisas fingidas, alegrías mentirosas que por último desembocaban en el desencuentro y terminaba solo y triste. Solo, con la sombra de siempre.

Pensé que podría y a la vez quería. Abrí la puerta, no puedo decir que adrede, pero no hizo falta mucho para que estuviera nuevamente descendiendo. Esta vez pasaron días. No quería perder la cuenta, así que llevaba una bitácora obsesiva del tiempo, de los eventos, de los pensares y las sin razones. Revisaba todo y cada vez que lo hacía me perdía más dentro del laberinto que describía. No había motivos, pero a la vez sí los tenía. Todo era un sin sentido. Los dragones, antes dormidos, despertaban cuando bajaba un nuevo peldaño. Cada vez que resbalaba, presagiaba que no podía más. Me sentía mal, sin ganas de nada, con hambre y a la vez sin apetito. Una pesada carga se me colgaba de la espalda a cada paso y dificultaba mi andar. Tenía que regresar. La verdad es que ya no sabía si quería hacerlo.

Cuando volví a tener conciencia de lo que en realidad estaba sucediendo, sentí una fuerte brisa sobre mi cuerpo. Vi las luces brillantes de la ciudad a mis pies, los autos lucían diminutos, la gente era un pequeño ejército de hormigas ajetreadas, para acá, para allá, no había ritmo, no había concierto. Quería volar, quería librarme de esto. Era sólo un paso. Era saberme dueño de mí.

Avancé fuera de la cornisa. Volar.

Volar fue decir adiós.

Cuento número cuarenta y cuatro

Se regresó. Estaba harto. Nunca lograba resolver ese acertijo en su mente, ¡qué decir de su alma! Tomó todos los pedazos que seguían tirados en el piso. El viento se había llevado parte de aquellos retratos. Era tarea dura juntarlos.

Deseó por un momento abandonar esos recuerdos. Ahora sobre su mesa de trabajo, clasifica, organiza y pega. Días después estaban listos. Faltaban partes de los retratos, de los recuerdos, de él y de su alma.

Había juntado lo que pudo. Siguió adelante. Nada volvió a ser lo mismo.

Cuento número cuarenta y cinco

Se vieron sin atreverse a hablar. Se desearon sin osar tocarse. Se desvistieron con la mirada nada más. Sus manos evitaron todo contacto. Cada uno siguió su camino. Uno que por tanto tiempo transitaron juntos. Él se dirigió al muelle, sacó de su bolsillo una carterita de aguardiente y encendió un cigarro. Ella regresó a su casa, se sentó y preparó su dosis, se puso los audífonos y se sumergió en su mundo.

Ambos se perdieron hace mucho, cuando se dejaron. Todos decían que era imposible, que eran una pareja perfecta. Sólo ellos sabían que juntos se estaban destruyendo. Ahora hacen lo mismo, pero solos.

Cuento número cuarenta y seis

¿Qué pasó? No lo podía creer. No daba crédito a este personaje, a sus capacidades y ahora, no era capaz ni siquiera de recordarlo. Pero tampoco se acordaba mucho de su pasado. Cierto es que se sentía mucho más liviano. Tanta más ligera la carga, tanto más el vacío que no era ocupado por las memorias. Había hecho un pacto.

Quería olvidar. La intención era perdonar, pero le pareció que le sería más fácil si olvidaba. Esa tarde se fue solo. Entre humos y hierbas, entre infusiones y cantos, se perdió dentro de su ser. Enfrentó siete dragones y los venció.

Se sentía contento, feliz, triunfante. Regresó, sin temores, sin dolor, sin recuerdos.

Aún se arrepiente de aquel día.

Cuento número cuarenta y siete

No era la primera vez. Cuando se vive un tiempo, pocos golpes son los primeros. Igual pasa con los insultos o las palabras y los hechos con la intención de herir. Ahí estaba él, en la mitad de uno de esos momentos. Llovía fuerte y arreciaba la tormenta, pero seguía impasible esperando sólo que la vida retomara su curso. Al fin y al cabo estaba seguro que luego vendría la tranquilidad. Sonreía pensando: -¡Claro que primero será la tensa calma! De pronto, quedó atónito, sin habla, por eso que no es lo mismo callar, que quedar sin habla. Le costó asimilar lo que oyó, se le secó la boca, se le hizo un nudo en la garganta y finalmente sintió como esa flecha certera se hundía en su pecho, le atravesaba con exquisita precisión el corazón y éste dejaba de latir, de sentir, de existir.

La discusión terminó, pero no hubo tensa calma, nada de eso volvió a llegar. Todavía, a veces, pone su mano sobre su pecho y piensa tratando de revivir algún recuerdo, pero nunca más ha vuelto a sentir su latido.

Cuento número cuarenta y ocho

Él creía que iba a ser simple. Llevaba tiempo urdiendo la manera de robarle un beso. Seguro estaba que luego tendría más y, en poco tiempo, su alma en la mano. Ella, de piel que brilla en noches de luna, le advertía con sus negativas. Se moría por tenerla en lo que llamaba para sí, deseo. Mientras usaba palabras de amor y sortilegios, ella lo veía hacer y reía. Llegó el momento y todo se fue dando, cazador y presa. Su brazo extendido le impedía retirarse. La cercanía de su cuerpo le perforaba como una daga. El calor de tenerla tan cerca, tan junta, le quemaba cada centímetro de su ser. Ella le susurró: -Con un beso mío y el veneno de mis labios, mueren todos los amores. Entre la prisa y sus ansias no le oyó, o no le hizo caso. Ella era su presa, estaría ardiendo como él. Acercó su rostro, sus labios se juntaron y sintió que el mundo se detenía. Cierto es que la brisa dejó de soplar y las nubes se apartaron para dejar que la luna hiciera lo suyo. Ya no recuerda ninguno de sus amores. No quedó ni padre, ni madre. No quedaron hijos, amigos, ni cualquier vestigio de algún otro amor. Todo murió muy rápido en un beso de luna. Mirando un cielo, queriéndolo hacer suyo, se le secó el alma.

Cuento número cuarenta y nueve

Un fino halo de luz cruza la habitación. Se cuela por una mínima apertura en la esquina superior de la ventana, sólido, nítido, irreverente. No me permite sumirme en la oscuridad. Las pequeñísimas partículas danzan como locas mientras lo atraviesan. Es una danza alegre, desconcertante. Me impide abrazar la depresión. Casi oigo el latir de mi corazón. Aún en esta soledad la vida hace un baile. Molesto, aspiro profundamente y soplo para deshacerlo. Segundos después: la luz, las partículas, la danza. Todo me distrae de mi propósito. Lo más mínimo adquiere un significado. Me niego a cerrar los ojos. Me niego a levantarme. Hoy también me niego a morir.

Cuento número cincuenta

Caminaba pensando que el clima y él eran casi lo mismo en esos lugares donde predomina el calor húmedo y el aire se espesa tanto que lo hace difícil de respirar. Estaba consciente de ello y, aunque le costaba soportarse, comprendía que no resultaba fácil que le quisieran.

A lo lejos se presentía la tormenta. Las nubes se juntaban y no faltaba mucho para que los rayos surcaran el firmamento. Esta imagen le hacía pensar en los reproches que con frecuencia escuchaba. Era como si sus defectos se hubiesen unido para producir esta tempestad.

Salió a caminar y una vez frente al mar, levantó las manos al cielo. Cualquiera se hubiese retirado, pero él no.

Se entendió como parte de todo ese caos que ya no estaba sobre el horizonte sino sobre su cabeza. La lluvia, los truenos, el viento y los relámpagos, eran lo que sentía cada día. Así que lejos de cualquier precaución, ahí estaba, con los brazos en alto, retando, implorando, soñando.

La tormenta pasó y con la ropa empapada, regresó a casa. Esto requeriría una explicación, pero nadie le preguntó nada. Un pensamiento le hizo esbozar una sonrisa. El cielo había aclarado.

Fin